共和国故事

海外赤子

——建国初期留学生回国热潮兴起

于 杰 编写

吉林出版集团股份有限公司

图书在版编目（CIP）数据

海外赤子：建国初期留学生回国热潮兴起/于杰编. —

长春：吉林出版集团股份有限公司，2009.12

（共和国故事）

ISBN 978-7-5463-1731-1

Ⅰ．①海… Ⅱ．①于… Ⅲ．①纪实文学－中国－当代 Ⅳ．①I25

中国版本图书馆 CIP 数据核字（2009）第 237333 号

海外赤子——建国初期留学生回国热潮兴起

HAIWAI CHIZI   JIANGUO CHUQI LIUXUESHENG HUIGUO RECHAO XINGQI

编写　于杰

责任编辑　祖航　息望　林琳

出版发行　吉林出版集团股份有限公司

印刷　三河市嵩川印刷有限公司

版次　2010 年 1 月第 1 版　　　　2022 年 1 月第 12 次印刷

开本　710mm×1000mm　1/16　　　印张　8　字数　69 千

书号　ISBN 978-7-5463-1731-1　　定价　29.80 元

社址　吉林省长春市福祉大路 5788 号

电话　0431－81629968

电子邮箱　tuzi8818@126.com

前　言

　　自 1949 年 10 月 1 日中华人民共和国成立至今,新中国已走过了 60 年的风雨历程。历史是一面镜子,我们可以从多视角、多侧面对其进行解读。然而有一点是可以肯定的,那就是,半个多世纪以来,在中国共产党的领导下,中国的政治、经济、军事、外交、文化、教育、科技、社会、民生等领域,都发生了深刻的变化,中国人民站起来了,中华民族已屹立于世界民族之林。

　　60 年是短暂的,但这 60 年带给中国的却是极不平凡的。60 年的神州大地经历了沧桑巨变。从开国大典到 60 年国庆盛典,从经济战线上的三大战役到经济总量居世界第三位,从对农业、手工业、资本主义工商业的三大改造到社会主义市场经济体制的基本确立,从宜将剩勇追穷寇到建立了强大的国防军,从废除一切不平等条约到独立自主的和平外交政策,从"双百"方针到体制改革后的文化事业欣欣向荣,从扫除文盲到实施科教兴国战略建设新型国家,从翻身解放到实现小康社会,凡此种种,中国人民在每个领域无不留下发展的足迹,写就不朽的诗篇。

　　60 年的时间在历史的长河中可谓沧海一粟。其间究竟发生了些什么,怎样发生的,过程怎样,结果如何,却非人人都清楚知道的。对此,亲身经历者或可鲜活如昨,但对后来者来说却可能只是一个概念,对某段历史的记忆影像或不存在,或是模糊的。基于此,为了让年轻人,特别是青少年永远铭记共和国这段不朽的历史,我们推出了这套《共和国故事》。

《共和国故事》虽为故事,但却与戏说无关,我们不过是想借助通俗、富于感染力的文字记录这段历史。在丛书的谋篇布局上,我们尽量选取各个时代具有代表性或深具普遍意义的若干事件加以叙述,使其能反映共和国发展的全景和脉络。为了使题目的设置不至于因大而空,我们着眼于每一重大历史事件的缘起、过程、结局、时间、地点、人物等,抓住点滴和些许小事,力求通透。

历史是复杂的,事态的发展因素也是多方面的。由于叙述者的视角、文化构成不同,对事件的认知或有不足,但这不会影响我们对整个历史事件的判断和思考,至于它能否清晰地表达出我们编辑这套书的本意,那只能交给读者去评判了。

这套丛书可谓是一部书写红色记忆的读物,它对于了解共和国的历史、中国共产党的英明领导和中国人民的伟大实践都是不可或缺的。同时,这套丛书又是一套普及性读物,既针对重点阅读人群,也适宜在全民中推广。相信它必将在我国开展的全民阅读活动中发挥大的作用,成为装备中小学图书馆、农家书屋、社区书屋、机关及企事业单位职工图书室、连队图书室等的重点选择对象。

编　者
2010 年 1 月

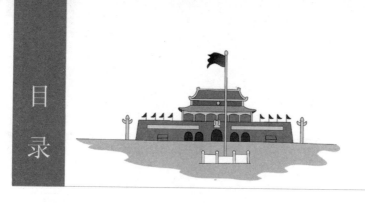

目 录

一、 中央决策

● 周恩来指出："你们的中心任务是动员在美的中国知识分子，特别是高级技术专家回来建设新中国。"

中央鼓励留学生归国

1949 年 10 月 1 日 14 时，中央人民政府主席毛泽东在勤政殿主持召开中央人民政府委员会第一次会议，通过《中华人民共和国中央人民政府公告》。

这次会议结束后，全体领导人乘车出中南海东门，来到天安门。

当天，北京城被装饰得五彩缤纷，到处红旗招展，一派节日气氛。

天安门城楼上挂着"中华人民共和国中央人民政府成立典礼"的横标，正中悬挂着毛泽东的巨幅画像。两旁的标语东为"中央人民政府万岁"，西为"中华人民共和国万岁"。

30 万军民聚集于天安门广场。人们精神饱满，喜气洋洋，歌声嘹亮。欢天喜地的人群和旗帜、彩绸、鲜花、灯饰，汇成了喜庆的海洋。

30 万颗心都在迎候同一时刻。此时，受检阅部队集结在东长安街。

沿着城楼西侧的古砖梯道，毛泽东和朱德一前一后登上天安门城楼。天安门广场上，人群欢声雷动。

15 时，庄严隆重的开国大典开始。在中央人民政府委员会秘书长林伯渠宣布大会开始后，毛泽东用洪亮的声音向全世界庄严宣告：

中华人民共和国中央人民政府今天成立了！

顿时，礼炮声如同报春的惊雷，在天宇间回响激荡，震动着每一个人的心。一些国家举行庆典活动的最高礼仪，一般都鸣礼炮21响。而开国大典鸣28响礼炮，象征着中国共产党领导全国人民经历28年艰苦奋斗才取得新民主主义革命的胜利。

新中国成立前后，面临着严重的经济困难。由于帝国主义的侵略和国民党反动派的长期统治，以致工农业生产受到很大的破坏。

新中国从国民党政府那里接收下来的是全面崩溃了的经济。当时，战争还在进行，为了肃清国民党反动派在中国大陆上的残余势力，军费开支随之增大。救济经费支出骤增，加重了财政困难。

新中国成立后，尽管战争仍旧在进行，但整体上已经转到经济建设上来了。

1949年12月，周恩来在一次谈话中说：

现在，全国的工作已经开始从军事方面转向建设方面。

当时，周恩来已经50多岁了，但仍精力充沛，意气风发，才华横溢，敢说敢为，为中华人民共和国各方面的工作打下了稳固的基础。

周恩来意识到，恢复经济最重要的是要有技术人才。新中国成立前后，毛泽东、周恩来非常清楚知识分子在未来新中国的科学技术大发展中的特殊重要性。

1950 年 8 月 18 日，中华全国第一次自然科学工作者代表会议在北京清华大学礼堂开幕。参加这次会议的有，中央人民政府有关科学机构、人民解放军和人民革命军事委员会所属科学机构、各地区、兄弟民族以及筹备会常务委员会的代表。

代表中既有埋头科学研究数十年如一日的老科学家，也有长期从事革命工作的老干部，还有初离大学不久的青年科学工作者。

在这次会议上，周恩来代表党中央讲话，周恩来说，为了在满目疮痍的旧中国的破烂摊子上进行建设，"现有的专家不是太多而是不够""现在愈接触各种事实，愈使我们感到这个问题的严重性。"

周恩来在有各部门负责人和很多知识分子参加的会议上再次指出：

> 人才缺乏已成为我们各项建设中的一个最困难的问题。不论在经济建设，国防建设，还是在巩固政权方面，我们都需要人才。

事实上，重视人才是党中央一贯的政策。

早在新民主主义革命时期，毛泽东、周恩来就注意同大批留学生建立并保持广泛的联系，在密切交往中逐步加深理解和增进友谊。

新中国成立前夕，在毛泽东的支持下，周恩来开始争取国外留学生回国的工作。1948 年，周恩来曾在西柏坡听取从美国回来的中共党员杨刚的工作汇报。

1949 年夏，周恩来在新中国即将诞生的无比繁忙的日子里，亲自过问留学生工作，明确指示旅美进步团体，以动员在美知识分子，特别是高级科技专家回来建设新中国作为中心任务。

当时，由中共南方局安排赴美留学的中共党员徐鸣又专程回国，向中共中央汇报了在美国开展这项工作的情况。周恩来指出：

你们的中心任务是动员在美的中国知识分子，特别是高级技术专家回来建设新中国。

1949 年 10 月 1 日，开国大典的礼炮声震撼了世界各地炎黄子孙的心。在海外的中国留学生和科学家奔走相告，渴望回到祖国参加建设。刚刚成立的中央人民政府，也把争取海外留学生回国的工作提到了议事日程。

政务院总理周恩来亲自主持争取留学生回国的工作。周恩来历来非常关心、高度重视留学生回国工作，把它作为培养人才、团结知识分子的重要工作。

在新中国成立前后的留学生回国潮中，周恩来作为决策人、指挥者和实践家，起到了举足轻重的作用。

中国科学工作者协会向海外各分会发出号召说：

新中国诞生后各种建设已逐步展开，各方面都迫切地需要人才，诸学友有专长，思想进步，政府方面亟盼能火速回国，参加工作。

在周恩来的亲自指挥下，中央展开了关于留学生归国的各项工作。

周恩来邀请留学生回国

1949 年 12 月 18 日，周恩来通过北京人民广播电台，代表中国共产党和中央人民政府郑重地邀请在海外的留学生回国参加新中国建设。

很快，有一批在海外留学的中国学子满怀爱国热情，冲破重重阻力回到祖国，兴起一股留学生归国潮。

当时，在海外学习的中国留学生有 7000 人左右，分布在美国、英国、法国、日本等国家的大学。他们中的大多数人是在抗日战争结束前后，公费或自费出国留学的，也有少数的访问学者和实习生，主要分布在美国。

1949 年，新中国在中国人民的欢呼声中成立。中国大陆新旧政权交替和 1950 年朝鲜战争爆发，使得中国与以美国为首的西方国家关系日趋敌对。

美国政府起初显然嫌这些中国留学生麻烦，曾一度依据移民法律对其中许多人下过驱逐出境令。尔后又出于自身战略利益，对这些已经掌握了专业知识技术的中国留学生采取了阻挠、限制乃至禁止离境的措施。使得大批已经或即将完成学业正在或准备踏上归程的中国学子被迫羁留海外。

一时间，滞留美国境内的中国留学人员达 5000 多人。他们处于非法的地位，行动自由受到约束与监视，被明令警告"不得离开或企图离开美国",否则"将被处以 5000 美元以下的罚款或是不高于 5 年的徒刑,或是二者兼施"。

在巨大的压力之下,不少中国留学生被迫背离了当初负笈海外的初衷,选择了在异国居留和工作,从而使自己的人生道路和中国留学生运动的历史发生了根本性的转折。

但也有许多中国留学生并没有在压力和诱惑面前屈服,他们联名写信给当时的美国总统艾森豪威尔、联合国秘书长哈马舍尔德和中国政务院总理兼外交部长周恩来,陈述自己要求返回祖国的愿望,并通过《纽约时报》等新闻媒介公开披露自己被无理扣留的遭遇,对美国政府所实行的阻挠政策进行了英勇不屈的斗争。

对于中国留学生大批回国的浪潮,当时有许多西方人士表示不理解,他们不明白为什么这些中国学生在受到西方民主教育之后,竟然还要放弃获得舒适生活待遇和优越工作环境的机遇,千方百计、不顾一切地要求返回自己那贫穷落后的国家。

对于留学生来说,报效祖国是光荣的行为,中国留学生有着光荣的历史传统,他们有着一颗中国心。

早在 1847 年,自第一个留学生容闳走出国门求学之后,一批批的中国学子络绎不绝,负笈海外,遍及世界各地,蔚为时代潮流。他们奋发努力,寒窗苦读,如饥似渴地汲取知识,本意发端于"师夷长技以制夷""以西方之学术，灌于中国""使中国日趋于文明富强之境"。

也就是说，留学生漂洋过海学习的目的在于了解和掌握国外先进的思想文化和科学技术，用以改造和建设祖国，使中华民族崛起于世界民族之林。

因此，早期中国赴海外学习的留学生完成学业后，几乎是无一例外地返回祖国，成为中国革命的先锋和建设的栋梁。他们不仅在近代中国的发展史上书写下可歌可泣的伟绩，也在炎黄子孙的芸芸众生中产生了可敬可慕的影响，强烈地影响着一代又一代的后来学子的理想、志向、抱负和情操，使他们能在人生道路上作出义无反顾的正确抉择。

华夏儿女有着强烈的爱国情感，它不仅表现为对华夏的山川、江河、名胜古迹、文化历史的热爱，还表现为对国家命运的高度责任感，对同胞的深厚感情和强烈的民族自尊，以及自觉维护祖国利益的崇高思想。

这种强烈的爱国情感形成一种强大的精神支柱，将身处异域逆境的中国留学生团结、凝聚在一起，将个人前途和国家民族利益联系起来，在巨大的精神压力与物质诱惑面前坚贞不屈，矢志不渝地维系着对祖国的向往与忠诚。

当时，朝鲜战争爆发后，中美两国处于交战状态。美国政府出于自身利益，对中国留学生采取了先驱逐、后扣留的横蛮政策，这就更激发了这些无辜学子的民族自尊和义愤不平，促使他们奋起抗争，维护自己的基本人权和返回祖国的权利。

后来，美国当局虽然意识到这一做法的不明智，极力掩盖和补救，但中国留学生的痛苦和不幸的遭遇已被揭露、公开，在美国社会乃至全世界激起强烈的同情与反响，迫使美国政府不得不改变政策，放松对中国留学生回国的控制，因此中国留学生回国成为了不可阻挡的潮流。

中国留学生所表现的民族气节和爱国情操赢得了全世界人民，包括中美两国人民的同情和尊敬，中国政府为此在日内瓦会议上多次向美方进行交涉，迫使美国政府于1954年撤销了禁止中国留学人员离境的禁令。

从1954年开始，一批批的海外留学生结伴而行，克服了重重困难，经历了无数曲折，从美国、英国、法国、日本返回祖国怀抱，参加振兴中华的建设，形成一股青春涌动的海外学子归国热潮。

留学生们的行动，体现了中国知识分子赤诚的爱国热忱和高尚的民族情操，不仅在当时令世人瞩目，而且在中国留学生史上写下了光辉的一页。

周恩来审批留学生回国工作组报告

1956 年 2 月 22 日，周恩来审阅批准争取留学生回国工作组《关于争取尚在资本主义国家留学生回国问题的报告》，以下简称《报告》。中共中央为转发这个《报告》写了批示。

《报告》指出：

> 根据总理关于大量争取留学生回国参加建设、今年内至少争取一千人回国的指示，我们认为对在资本主义国家的留学生应采取普遍争取的方针，重点应放在美国。

中央在对《报告》的批示中，一再表示：

> 现在还在资本主义国家的留学生大约有七千人，他们大都是高级知识分子，具有专门知识……争取他们回国参加社会主义建设，在目前有重要的意义。

批示中确定"普遍争取而又以美国的留学生为重点"的方针。这一时期的中央文件，把知识分子定性为"劳动人民的一部分""工人阶级的一部分"。

2月24日，中共中央政治局会议讨论通过并下发《关于知识分子问题的指示》，以下简称《指示》。《指示》确认周恩来的报告中对知识分子问题的分析和提出的有关政策，同时强调：

我们必须认识，知识分子的基本队伍已经成了劳动人民的一部分，在建设社会主义的事业中，已经形成了工人、农民、知识分子的联盟。

《指示》指出：

党有必要进一步把知识分子问题放在全党和国家的各个工作部门的议事日程上，要求全面规划，加强领导，克服我们在这方面工作中的缺点和错误，采取一系列的有效措施，充分地动员和发挥现有知识分子的力量，不断地提高他们的政治觉悟和业务能力，并且大规模地培养新生力量来扩大知识分子的队伍，以便尽可能迅速地改变我国的科学和文化的落后状态……

当年四五月间，中共中央先后转发中共中央组织部和中共中央统战部下发的相关文件。

7月20日，国务院转发由研究改善高级知识分子工作条件小组提出的意见和通知。

"通知"除规定由新成立的国务院专家局"负责研究有关高级知识分子工作条件问题"外，还开列了一个很长的应由有关单位办理的有关事情的目录，要求这些单位在规定的时间内作出关于工作进展情况的报告。

中央知识分子问题10人领导小组会同国务院专家局，在这一年内，有计划地检查了高级知识分子较为集中的中国科学院和国务院10多个部委解决知识分子问题的工作进展情况，并深入这些部委若干有代表性的单位，通过同高级知识分子座谈、对他们访问等形式了解情况，总结经验，找寻差距，明确了进一步工作的方向。

这一系列活动，有力地推动了全国范围内知识分子工作的开展。中央各部委、各省市召开各种会议，成立有关办事机构，有效地解决了知识分子的工作条件、安排使用、政治与生活待遇、入学、学术民主等问题。知识分子心情舒畅，他们普遍感到现在是自己充分发挥聪明才智的时候了。

中央的这一系列措施，直接推动了留学生的归国热潮。

周恩来会见留学科学家

1954 年 7 月 24 日，周恩来召集有关部门领导人开会，商议编制科学发展远景规划的有关问题，部署下一步的工作。

8 月下旬，陈毅主持国务院科学规划委员会扩大会议，讨论修改《1956—1967 年科学技术发展远景规划纲要（草案）》。

11 月 15 日，周恩来就 10 月 29 日陈毅、李富春、聂荣臻《关于科学规划工作向中共中央的报告》一事，致信中共中央总书记邓小平，信中说：

我意可以原则批准，以便按照他们提出的程序进行讨论和审议，最后再提中央批准。

11 月 19 日，邓小平写道：

同意总理批语。

1956 年 12 月，在周恩来直接领导下，经过来自 23 个单位的 787 名科学家半年多的努力，终于编成中国《1956—1967 年科学技术发展远景规划纲要（修正草案)》，以下简称《规划》。

《规划》共确定 57 项国家重要科学技术任务和 616 个中心问题。在此基础上，又挑选出有全局性意义的 12 个重点，在人力、物力上优先予以保证。对某些特别重要而在我国却很薄弱、甚至还是空白的学科，采取了紧急措施，如发展计算机技术、半导体技术、无线电电子学、自动化和远距离操纵技术四项紧急措施。

加上当时没有公开的发展原子弹和导弹研究的两项绝密任务，共六项紧急措施，构成中国发展尖端科学技术的关键性措施。

周恩来意识到，当时中国最需要的是人才。因此，中央加快了关于留学生归国的各项措施。在这些措施中，包括工作条件和干部培养计划等配套措施。

规划确定下来后，一项一项地进行检查，做到贯彻始终。这就为中国依靠自己的力量在不太长的时间内突破某些重要尖端技术，并使"两弹"过关，奠定了基础。

时任中国科学院副院长的张劲夫后来回忆说：

> 知识分子会议对整个科学事业的发展起了很大的历史作用。有了科学规划，就有了奋斗目标。

周恩来着重抓住各种实际措施，使改进知识分子工作条件、生活待遇的规定得到进一步的落实，知识分子用非所学、使用不当的现象有了明显改变。高等院校、科研机构购置图书资料的费用有了增加，高级知识分子得到普遍的增薪和晋级。此外，中央还吸收了相当数量的高级知识分子入党，其中有不少是全国知名的科学家、教授、医务人员和文艺工作者。

1956年5月26日，周恩来在中南海怀仁堂举行盛大酒会，招待参加全国科学规划工作的300多名科学家，勉励他们努力开展科学研究，学习苏联和其他一切先进国家的科学技术。

6月14日，周恩来和毛泽东、朱德等党和国家领导人接见了参加全国科学规划工作的科学家。

当时，在科学技术的发展方面，许多高新科技如原子能、喷气技术、电子计算机、半导体和无线电电子学技术等，从无到有，从小到大，迅速发展起来。在传统科学技术领域里，也开辟了新的研究课题，对中国社会主义建设事业的发展产生了深远的影响。

中央提出一视同仁方针

1956 年 9 月，为了吸引更多的海外学子回国，周恩来提议成立留美学生家属联谊会。

1957 年 5 月 10 日，留美学生家属联谊会在北京饭店举行盛大的联欢晚会。1000 多位归国留学生、留学生家属和周恩来欢度这个春天的夜晚。

晚会还未开始，北京饭店的大厅里就是一片谈笑声，人们愉快地谈论着工作和生活。在大厅的一角，徐冠仁博士和化学专家周光宇紧紧地握着手。

徐冠仁是专门研究原子能在农业中应用的。他从美国回国一年来，总想和老同学周光宇见见面。周光宇的专长是色层分析法，和徐冠仁在北京农业大学讲的专业课有关系。

应邀参加这个晚会的聂荣臻副总理，郭沫若院长，卫生部部长李德全，国家技术委员会主任黄敬等人也和归国的学生们愉快地交谈。

20 时 40 分，周恩来总理来了，全场立刻活跃起来，掌声四起。

周恩来应邀在会上讲了话。他用洪亮的声音说：

今天参加这个晚会很高兴。我们不但欢迎

八年来归国的朋友们，而且欢迎还在国外的朋
友们的亲属。

周恩来在谈到知识分子问题时，详细地分析了中国
知识分子的特点，对知识分子的长处和他们在革命和建
设中的作用作了很高的评价，同时也恳切地指出了中国
知识分子所应该克服的弱点和努力方向。

周恩来再次表示欢迎归国的留学生。他说：

开国以来陆续回国的留学生在各种工作岗
位上发挥了很大的作用。但是也遇到了一些困
难。譬如回国后他所学到的东西不一定能够全
部用上，设备也不见得全，帮手也可能不够。
不仅如此，这些工作上的矛盾也就会联系到学
术上的矛盾，也许因此使自己的学术进步缓慢
起来。

周恩来鼓励归国留学生克服困难，解决矛盾。但是
他指出：旧的矛盾解决了，也还有新的矛盾产生。

周恩来说：

中国经济、文化长期落后，物质基础不发
展，因而进行科学研究是有很多困难的。中国
人民现在翻了身，比过去有了很大改善，但要

把破烂衣服换成全新的一套是不容易的。生产力的大发展需要时间，没有时间不行。目前我国人民的生活水平已经有了不少提高，但还是很低，而且也不可能一下子很快提高。大家要吃苦耐劳，要艰苦奋斗地建设社会主义。

周恩来接着说：

我们欢迎仍在海外的未回国的留学生回国。但是我们也要谅解他们的生活和处境的困难，我们更不应该去增加他们的困难。

周恩来代表中央，强调中央的一贯政策。周恩来说：

政府对于留学生回国，不管先后我们都一律欢迎，一视同仁，而且允许来去自由。现在国外的留学生想回来看看再出去，是可以的，已经回国的愿意出去，也可以。

周恩来说：

今天我们没有什么"铁幕""竹幕"。"铁幕"是在帝国主义那一边，他们不敢放人出来。我们社会主义的群众基础是巩固的，所以敢于这样做。

周恩来的讲话赢得了大家热烈的经久不息的掌声。

周恩来刚离开讲台，就被人们包围起来。1953 年归国的法国留学生吴克祺现在科学院经济研究所工作，他见到周恩来后赶紧跑上去握手，并且对周恩来说：

> 我在法国时曾遇到过一些你过去的同学，他们都谈起了你求学时代的情况，并谈到了你参加革命的故事。

周恩来同科学家吴仲华、李敏华夫妇握手后，旁边的人介绍说他们即是获得科学院奖金的那一对夫妇。

周恩来接着说："你们都很年轻啊！"

外交学院教授姚永励告诉周恩来，他现在担任教学任务，但对国际关系上的许多问题很感兴趣。

周恩来说："国际方面的研究很需要，应该努力赶上去。"

24 时了，周恩来还没有离开，他和大家一同看了舞蹈和杂技节目，并且一齐跳了舞。

在这次会上，中央提出的基本方针，使留学人员备感亲切、温暖。

从 1949 年到 1957 年春，回国留学生人数共 3000 多，约占当时在海外留学生学者总数的一半以上。

在吸引大量留学人员回国的同时，周恩来从新中国成立伊始就高度重视向国外，主要是苏联、东欧派遣留学生的工作。从1950年开始，中国共向苏联、东欧、古巴、朝鲜等29国派出留学生，他们大多在学业有成之后回到祖国，服务社会。

周恩来十分重视留学生派遣与回国这项工作，在日理万机的情况下，他亲自审阅留学生的选拔派遣计划，对留学专业等问题提出明确意见。

早在1953年，在欢送赴苏、东欧留学人员的联欢会上，周恩来语重心长地勉励留学生要注意身体，遵守纪律，树立远大理想，学习和掌握国外先进的科学技术，更好地建设自己的祖国。

在新中国刚刚建立、冰河乍开、百业待兴的情况下，周恩来把派遣和安排回国留学人员作为培养人才、团结知识分子的重要工作来抓，充分表现出伟大的无产阶级革命家的宽阔胸怀和远见卓识。

20世纪中叶，在赴海外学习的中国留学生中，曾有过许多相当活跃的社团组织，如美国有"留美中国科学工作者协会""北美基督教中国学生会""中国新文化学会"，英国有"中国留英同学会""留英中国学生总会"，法国有"巴黎中国学生会""中国文艺社"，日本有"中国留日同学总会"等。

这些组织在中国留学生中发展会员，定期召开会议，编印会刊，开展联谊、学术、演讲、研讨、座谈、服务、学习、教育、文娱、福利等活动，在海外中华学子当中有相当大的凝聚力和感召力。

这些社团大都把争取更多的留学生回国，推动中国科学技术发展作为自己的宗旨之一，经常向留学生介绍祖国见闻，号召留学生学成后尽早回去参加新中国的建设，为中华民族的振兴贡献自己的聪明才智，并为愿意回国的留学人员提供各种方便和帮助，对当时留学生归国潮的兴起起到了一定的组织和推动作用。

实践证明，新中国成立初期回归和五六十年代培养的大批留学人员，在中国社会主义建设事业中，发挥了巨大的作用，作出了不可磨灭的贡献。他们中的许多人成为我国高新科技领域和基础科学的开拓者、奠基人。

二、赤诚之心

- 华罗庚真切地呼唤说："朋友们！梁园虽好，非久居之乡，归去来兮！"

- 李四光坚决地说："我虽然60岁了，身体一直不好，但我一定要回祖国去，把自己的余生贡献给新中国！"

- 钱学森申明："海外侨民回归故土，是天经地义的事，美国政府无权干涉。"

华罗庚致留美学生公开信

1949 年 10 月 1 日，新中国成立。在林斯顿数学研究所做研究员的华罗庚感到无比兴奋，他克服了美国政府所带来的种种困难，决心携家人回国。

1950 年 3 月 16 日，华罗庚和夫人、孩子乘火车抵达北京。

这一路的艰辛，只有华罗庚才体会得到。在华罗庚看来，与报效国家比起来，这点艰辛又算什么呢。

华罗庚于 1910 年 11 月 12 日出生在江苏省金坛县，这里土地肥沃，盛产蚕丝。华罗庚的父亲华老祥，在城里清河桥边开了一间名叫"乾生泰"的小杂货铺，每年逢春蚕结茧之际，代人收购蚕丝，平时卖些棉花、针头线脑、香烟火柴之类的东西，收入微薄。

华老祥 40 岁才抱上儿子，自然视如珍宝，于是按照当时的习俗，将儿子轻轻放进箩筐，然后在上面又扣了个箩筐道："进箩筐避邪，同庚百岁，就叫罗庚吧!"华罗庚由此得名。

华罗庚小的时候活泼、顽皮，父亲的杂货店成了他嬉戏的场所，他很喜欢店里的那排柜台，常常围着柜台跳上跳下。他还特别喜欢看戏，唱戏的在空场上搭个台子，看戏的不用花钱，华罗庚从人群中挤到台前，从开锣看到深夜散场。童年的华罗庚对一切都充满好奇。

华罗庚 12 岁从县城仁劬小学毕业后,进入金坛县立初级中学学习,并深深地爱上了数学。一天,老师出了道"物不知其数"的算题。

老师说,这是《孙子算经》中一道有名的算题:"今有物不知其数,三三数之剩二,五五数之剩三,七七数之剩二,问物几何?"

"23!"老师的话音刚落,华罗庚的答案就脱口而出,当时的华罗庚并未学过《孙子算经》。1925 年初中毕业后,因家境贫寒,无力进入高中学习,只好到黄炎培在上海创办的中华职业学校学习会计,为的是能谋个会计之类的职业养家糊口。

不到一年,由于生活费用昂贵,被迫中途辍学,回到金坛帮助父亲料理杂货铺。在单调的站柜台生活中,他开始自学数学。他回家乡一面帮助父亲在"乾生泰"这个只有一间小门面的杂货店里干活、记账,一面继续钻研数学。

回忆当时他刻苦自学的情景,华罗庚的姐姐华莲青感慨地说:

> 尽管是冬天,罗庚依然在账台上看他的数学书。鼻涕流下时,他用左手在鼻子上一抹,往旁边一甩,没有甩掉,就这样伸着,右手还在不停地写……

　　华罗庚开始他的数学家生涯时，仅有一本《代数》、一本《集合》和一本缺页的《微积分》。

　　1930年春季的一天，华罗庚的论文《苏家驹之代数的五次方程式解法不能成立的理由》在上海科学杂志上发表。

　　当时，在清华大学数学系任主任的熊庆来教授看到后对这篇文章很重视，他问周围的人说："这个华罗庚是谁？"但是谁也没有听说过华罗庚这个人。

　　后来，一位名叫唐培经的清华教员向熊庆来介绍了他的同乡华罗庚的身世。

　　"这个年轻人真不简单啊！应该请他到清华来。"熊庆来听后非常赞赏。这年，华罗庚只有19岁，却已经走过了一段相当坎坷的生活道路。

　　接着，华罗庚来到清华大学，由于学历太浅，只能被聘担任数学系的一名助理员，负责管理图书、公文、打字等等，每月工资40元，相当助教的一半。对此，华罗庚十分满意，他不仅可以养家糊口，而且还能抽空去数学系旁听课程。

　　华罗庚在清华大学一面工作一面学习。他用了两年的时间走完了一般人需要8年才能走完的道路，1933年被破格提升为助教，1935年成为讲师。1936年，他经清华大学推荐，派往英国剑桥大学留学。

　　华罗庚在剑桥的两年中，把全部精力用于研究数学理论中的难题，不愿为申请学位浪费时间。他的研究成果引起了国际数学界的注意。

1938年回国，华罗庚受聘为西南联合大学教授。从1939年到1941年，他在极端困难的条件下，写了20多篇论文，完成了他的第一部数学专著《堆垒素数论》。

在闻一多先生的影响下，华罗庚还积极参加到当时如火如荼的抗日民主爱国运动之中。《堆垒素数论》后来成为数学经典名著，1947年在苏联出版俄文版，又先后在各国被翻译出版了德文、英文、匈牙利文版。

1946年2月至5月，华罗庚应邀赴苏联访问。1946年，当时的国民政府也想搞原子弹，于是选派华罗庚、吴大猷、曾昭抡三位大名鼎鼎的科学家赴美考察。

同年9月，华罗庚和李政道、朱光亚等离开上海前往美国，先在普林斯顿高等研究所担任访问教授。

在普林斯顿高等研究所，华罗庚以客座讲师的身份工作了一年多，随后住进医院医治残腿。经过手术，两条腿总算可以靠拢了。

华罗庚特意拍了张照片寄给国内的妻子吴筱元。吴筱元看了照片高兴地逢人便说："他的腿在美国治好了，看这照片，多利索！"

不久，华罗庚被美国伊利诺伊大学聘为终身教授。当他听说国内共产党领导的人民军队势如破竹，蒋家王朝即将土崩瓦解，在他们逃到台湾的同时，有可能把一些社会名流及其家属弄到台湾的消息后非常不安。他火速为远在上海的妻子、孩子办理护照，要他们来美国团聚。

但是他的长女华顺表示坚决不去美国，她对吴筱元说："妈妈，你到了美国跟爸爸说，我已经加入了共产党。希望爸爸在解放战争结束后，早一点回来！"

吴筱元见女儿态度坚决，不好勉强，便打发母亲带着最小的孩子回故乡金坛，自己则带了三个男孩飞往美国。他们来到美国后，便住进了华罗庚为他们安排好的舒适的洋房。

华罗庚本人则每天坐着雪亮的小汽车到伊利诺伊大学上课，但物质的享受、生活的安逸并没有使华罗庚萌生久居之意，身在海外，他的心却时刻牵挂着祖国，牵挂着生他养他的那片土地。

1949年，从大洋彼岸传来了祖国解放的消息，10月1日，中华人民共和国宣告成立。华罗庚抑制不住内心的激动，他立即决定返回祖国！

徐利治在西南联大求学时，华罗庚已是西南联大闻名遐迩的年轻教授，他对徐利治十分赏识。

当时，在华罗庚给徐利治写的信中，他多次提到"回国"这件事。伊利诺伊大学给华罗庚的待遇很高，年薪约一万美金，并有四位助教。当时他租了伊利诺伊大学著名数学家杜布家的房子。杜布的房子很大，华罗庚租了他家的一层楼。

1949年9月9日，华罗庚给徐利治写信说：

我暂不回去的消息是不确实的。只是"不立刻"回去，回去是不太远了。当然，在这儿年薪上万，助教4人，及其他一切都足已使人留恋。但愿我回去之后，可能用我的所长。

其实，华罗庚这时已经开始在暗中积极准备回国的事宜。

华罗庚在回国前给徐利治写信说，他回国是怀有一个远大志向的，这就是推动中国数学的独立。

当时，新中国刚刚成立。华罗庚在抗战时期就有了推动中国数学独立的抱负，而且他对那些留学回来的没有真才实学的人是看不起的。他说，中国应该搞出自己的数学来。

寒假一到，华罗庚便以到英国讲学为名给全家人弄到船票，然后舍弃了洋房、汽车和半年的薪水，带领妻儿4人在旧金山登上一艘邮船，踏上了归国的路程。

1950年2月，华罗庚一家到达香港。他在香港发表了一封致留美学生的公开信，信中充满了爱国激情，鼓励海外学子回来为新中国服务。

华罗庚在信中真诚地表达了自己的爱国之心，他在信中说：

朋友们：

不一一道别，我先诸位而回去了。我有千

言万语，但愧无生花之笔来一一地表达出来。但我敢说，这信中充满着真挚的感情，一字一句都是由衷心吐出来的。

坦白地说，这信中所说的是我这一年来思想战斗的结果。讲到决心归国的理由，有些是独自冷静思索的果实，有些是和朋友们谈话和通信所得的结论。朋友们，如果你们有同样的苦闷，这封信可以做你们决策的参考；如果你们还没有这种感觉，也请细读一遍，由此可以知道这种苦闷的发生，不是偶然的。

……………

我们再来细心分析一下：我们怎样出国的？也许以为当然靠了自己的聪明和努力，才能考试获选出国的，靠了自己的本领和技能，才可能在这儿立足的。因之，也许可以得到一结论：我们在这儿的享受，是我们自己的本领，我们这儿的地位，是我们自己的努力。但据我看来，这是并不尽然的，何以故？谁给我们的特殊学习机会，而使得我们大学毕业？谁给我们所必需的外汇，因之可以出国学习。还不是我们胼手胝足的同胞吗？还不是我们千辛万苦的父母吗？受了同胞们的血汗栽培，成为人才之后，不为他们服务，这如何可以谓之公平？如何可以谓之合理？朋友们，我们不能过河拆桥，我们应当认清：我们既然得到了优越的权利，我们就应当尽我们应尽的义务，尤其是聪明能干的朋友们，我们应当负担起中华人民共和国空前巨大的人民的任务！

华罗庚还说：

中国是在迅速地进步着，一九四九年的胜利，比一年前人们所预料的要大得多，快得多。在一九五〇年，我们有了比一九四九年好得多的条件，因此我们所将要得到的成绩，也会比我们现在所预料的更大些、更快些。当武装的敌人在全中国的土地上被肃清以后，当全中国人民的觉悟性和组织性普遍地提高起来以后，我们的国家就将逐步地脱离长期战争所造成的严重困难，并逐步走上幸福的境地了。

华罗庚最后真切地呼唤说：

朋友们！梁园虽好，非久居之乡，归去来兮！

但也许有朋友说："我年纪还轻，不妨在此稍待。"但我说："这也不必。"朋友们，我们都在有为之年，如果我们迟早要回去，何不早回去，把我们的精力都用之于有用之所呢？

总之，为了抉择真理，我们应当回去；为了国家民族，我们应当回去；为了为人民服务，我们也应当回去；就是为了个人出路，也应当早日回去，建立我们工作的基础，为我们伟大祖国的建设和发展而奋斗！

朋友们！语重心长，今年在我们首都北京见面吧！

3月11日，新华社播发了这封信。这封信在留学生中掀起了巨大的波澜。

3月16日，华罗庚一家乘火车抵达北京。

1950年3月27日，中国各大报纸都在显著位置刊登华罗庚"自美国返抵首都北京"的新闻。华罗庚到北京后被安排担任清华大学数学系主任及中国科学院数学研究所所长。

回国后不久，中国科学院告知华罗庚，他的《堆垒素数论》即将出版，华罗庚听后感慨万端，他在书的序言中写道：

在解放以前的漫长岁月里，这书刊出的问题，由即将出版、等待出版、一直演变到把原稿搞得无影无踪，以至到了今天，在中国科学院的敦促之下，我还得从俄文本翻译出来付印，这些事实，有力地说明了旧的政权怎样腐化，怎样地不关心科学，而人民民主政权又是怎样地珍爱科学成果。

在后来的 1964 年初，华罗庚给毛泽东写信，表达要走与工农相结合道路的决心。

同年 3 月 18 日，毛泽东亲笔回函：“诗和信已经收读。壮志凌云，可喜可贺。”

华罗庚写成了《统筹方法平话及补充》《优选法平话及其补充》，亲自带领中国科技大学师生到一些企业工厂推广和应用“双法”，为工农业生产服务。“夏去江汉斗酷暑，冬往松辽傲冰霜”，这就是他一生的写照。

李四光秘密回到祖国

1950 年 5 月 6 日，在英国学习、研究的李四光终于到了北京。这一年他 60 岁，但是他觉得新的生活才刚刚开始。

李四光原名李仲揆，1889 年生于湖北省黄冈县回龙镇，父亲李卓侯是一位教书的穷秀才，仲揆兄弟姐妹共 6 人，祖传的三亩地和父亲教书的微薄收入便是全家生活的依靠。

仲揆边帮妈妈做家务，边抓紧一切时间勤奋学习。1902 年，仲揆听说省城武昌开办的官费高等小学堂正在招生，便请求父亲为他借了路费前去投考。

武昌和汉阳、汉口合称武汉三镇，这里是长江、汉水交汇之处，汉口、汉阳位于长江西岸，分列汉水两旁，与在长江东岸的武昌组成"品"字形，是内河航运的中枢，故称"九省通衢"。

李仲揆乘坐的小船先在汉口码头停靠，随后向武昌驶去。仲揆生平第一次出远门，他好奇地四处观望，江上船只穿梭来往，白帆点点，十分热闹。两岸建筑各式各样，有的楼顶上还安装着十字架。

经过摇船老艄公的解释，仲揆才得知那些高楼大厦都是英、法、德、日等国租界。这一切都深深地震动了这位爱国少年的心。他暗暗发誓：一定要考上高等小学堂，将来学到本领，为祖国服务。

经过大半天的水上颠簸，李仲揆在新河码头下船，来到了久负盛名的武昌城，他甚至来不及仔细观看一下周围的景致，便匆匆奔向报考地点。

走进一座宽敞的殿堂，李仲揆在报名处买了一张报名单。也许是初来乍到，也许是情绪紧张，当他坐在桌前提笔填表时，竟在姓名一栏里填上了"十四"两个字，把年龄错填到姓名栏，怎么办呢？再买一张报名单吧，衣袋里的钱已经所剩无几，他静下心来想了想，先提笔将"十"改成了"李"字，可是"四"字如何改呢？总不能叫"李四"吧，多难听啊！他正在左思右想，忽然抬头看见大厅中央悬挂的一块横匾，上刻"光被四表"几个大字，仲揆从这块横匾得到启示，他立即提起笔来，在"四"的后面工工整整地写上了"光"字。

从此以后，他的原名鲜为人知，而李四光这一名字却越叫越响亮，不仅传遍全国，而且名扬世界。

李四光以考试第一名的优秀成绩被录取，在高等小学堂，他学到了算术、理科、地理、体操等新课程。

1912年，蔡元培担任南京临时政府的教育部部长，李四光因参加辛亥革命有功，经本人申请，教育部批准，他和一批青年人一起前往英国官费留学。

在英国，李四光和好友丁西林一同考上了伯明翰大学。经过一番深思熟虑之后，他决定改学地质专业。好友丁西林得知后非常惊讶，但李四光有自己的想法，李四光说：

> 要造船，就得有钢铁；要钢铁，就得靠采矿。我已经学了一年采矿，但我现在认为，光会采矿是不行的。中国虽然地大物博，但是科学落后。如果我们自己不能找矿，将来就是给洋人当矿工。

为了对地质问题进行深入研究，在征得校方同意后，李四光除了主学地质专业以外，又选学了力学、光学、电磁学等课程，特别侧重钻研物理系的力学课程。在当时的情况下，要中途赶上物理系的教学进度，是要费一番工夫的。李四光毫不畏惧，迎着困难上，为了弄懂一个难度较大的问题，他常常学习到深夜。

1920 年的一天，李四光来到北京大学，校长蔡元培和几位教授在理学院的办公室迎接他。互相交谈片刻之后，蔡元培便领着李四光到地质系巡视了一遍。

李四光看到教室破旧，设备简陋，便向蔡元培建议将这里整修一番。蔡元培立即表示同意，并将改建环境之事全权委托给李四光操办。

李四光是新中国地质事业的奠基人，对地质力学理论和中国地质构造的研究作出了卓越贡献。

1948 年，李四光作为地质研究所所长到伦敦出席第十八届国际地质学会大会后留居国外。

不久，中国留英学生总会在剑桥大学举行年会，李四光应邀参加，祖国解放战争的胜利使与会者欢欣鼓舞，李四光在会上坚决地说：

我虽然 60 岁了，身体一直不好，但我一定要回祖国去，把自己的余生贡献给新中国！

1949 年 4 月初，以郭沫若为团长的中国代表团赴布拉格出席世界维护和平大会。出国前，郭沫若根据周恩来的指示，给李四光带了一封信，请他早日回国。

看了这封由郭沫若领头签名的信，李四光非常激动。新中国就要屹立于世界的东方，自己的本领可以施展，抱负可以实现了。他积极奔走起来，准备尽快回国。

可是，由于第二次世界大战的影响，从英国到远东的客轮船票要一年前预订，归期只得拖延。他一面调养身体，一面把科研方面遗留的事情办完。

在中国南京，国民党官僚看到大势已去，争先恐后逃往台湾。国民党当局任行政院政务委员的朱家骅命令地质研究所代理所长俞建章将研究所迁往台湾。

俞建章回所后立即同古生物学家许杰商量，在许杰的提议下，他们发电报请示李四光。很快，他们便收到李四光的回电："南京如发生战争，切切不可远行。详函告。"

赤诚之心

不久，又收到李四光的航空信，在信中李四光叮嘱大家将所内仪器图书存放于地下室妥善保护，又表示："我的薪水尚存所内，可买粮米为同事们备用。"

遵照李四光的指示，大家立即行动起来，并推选孙殿卿等人组成护所委员会，组织在所的人员和家属轮流值班，防止有人破坏。

当时，远在英国的李四光，正在做回国前的准备。一天，一位老友打来电话告诉他，台湾当局给驻英大使馆发来一封转交李四光的电报，要他公开发表拒绝接受新中国政协委员职务的声明，否则便将他扣留国外。这位老友劝他尽早离开英国。

李四光看到情况紧急，便决定一个人先走，临行前他给国民党驻英大使郑天锡留下一封信，表明自己的态度，并劝他也早日弃暗投明。并让妻子许淑彬两天后寄出。

事情紧急，李四光当机立断。他拿起一只小皮包，迅速前往普利茅斯港，准备从那里渡过英伦海峡，先到法国去。

普利茅斯港海面宽阔且多风浪，是偏僻的货运航道，一般人通常都不会从这里渡海，因而能避开国民党特工人员的追踪。

两天以后，许淑彬寄出了李四光留下的信，李四光在信中写道：

中华人民共和国是我多少年来日思夜想的理想国家。中央人民政府政务院是我竭诚拥护的政府。我能当选为中国人民政治协商会议全国委员会的委员，我认为是莫大的光荣。我已经起程返国就职。

他还规劝这位大使脱离祸国殃民的国民党政府，早日回到光明祖国的怀抱……

李四光走后第二天，国民党驻英大使馆派人送来台湾的电报和 5000 元美金，许淑彬机警地对来人说，李四光外出考察去了。

许淑彬便将丈夫的信交给来人，并退回美金支票。不久，她收到丈夫的来信，通知她们母女去瑞士边境的巴塞尔与他会面。

许淑彬立即和女儿打点好行装动身，在去火车站的途中，一位中国留学生又交给她们一封郭沫若写给李四光的信。

在巴塞尔的一所小旅馆，李四光与妻子女儿又一次相聚，当李四光读完郭沫若的信后，热泪盈眶。他立即同妻子乘火车来到罗马，并购买了从热那亚开往香港的船票。

由于距离开船尚有一个多月，李四光决定四处游历一番，考察一下此处的地质。他和妻子先到著名的水上城市威尼斯，然后到佛罗伦萨，最后又到罗马。

赤诚之心

在罗马，他们又乘坐火车到达那不勒斯，参观了著名的古城庞培，这个曾经繁华一时的大城市，在突然爆发的维苏威火山的岩浆中毁灭了，当时只有一座博物馆供游人参观。

为期一个月的游历结束了，李四光夫妇在热那亚登上归国的轮船。这位身在海外、心怀祖国的著名学者，终于如愿以偿地回到他魂牵梦萦的故国。

1950年5月，李四光终于在冲破重重阻力后回到北京。李四光的夫人许淑彬后来回忆说：

> 到了北京，许多新旧朋友都来迎接。有的老朋友告诉仲揆，解放后不久人民政府就曾考虑召开第一次全国地质会议，但周总理指示要等仲揆回国后再开。谁知一直等了五个月还不见仲揆回来。于是有人造谣说：李某人是不会回来的，他去台湾了。周总理听了这话后说：我相信他不会去台湾，现在还没有回来，一定是给什么困难耽误了，我们一定等他回来再开会。仲揆听到总理这样信任他，极为感动，就决定听从党和政府的安排，留在北京工作。

李四光住进北京饭店的第二天，周恩来立刻到住处去看他，同他谈了形势、地质工作和地质队伍的组建等问题。

周恩来一见到李四光便说：

　　　你终于回来了，欢迎，欢迎！祖国需要
你呀！

　　不久，李四光便应周恩来的要求，出任中国科学院
副院长、中华自然科学专门学会联合会主席、地质工作
计划指导委员会主任委员，领导新中国地质事业的全面
发展。

　　1952 年 8 月，李四光被任命为中央人民政府地质部
部长。新中国的诞生，揭开了李四光科学事业崭新的
一章。

　　在李四光的具体领导下，中国的地质工作取得了巨
大的成绩。1958 年，李四光光荣地加入了中国共产党。

赤诚之心

钱学森冲破艰难险阻回国

1955 年 10 月 28 日，钱学森一家从上海到达北京，中国科学院副院长吴有训和在首都的著名科学家华罗庚、周培源、钱伟长、赵忠尧等 20 多人，到北京前门车站欢迎。

第二天，中国科学院院长郭沫若举行盛大的欢迎宴会，隆重款待在国际上享有盛誉又饱经磨难的杰出科学家钱学森。副院长张劲夫、吴有训作陪。

席间，吴有训向钱学森正式交代了由钱学森牵头组建中国科学院力学研究所的决定。

钱学森欣喜地接受了这个任务。

钱学森终于回到了魂牵梦萦的祖国，在当时所有留学人员中，钱学森的归国历程可以说是最曲折最艰辛的。

钱学森 1911 年 12 月 11 日出生于上海，早年曾在北京师大附中和交通大学读书。1934 年暑假，他从交大毕业后，考取了清华大学公费留学。

1935 年 8 月的一天，钱学森从上海乘坐美国邮船公司的船只离开祖国。黄浦江浊浪翻滚，望着渐渐模糊的上海城，钱学森在心中默默地说："再见了，祖国。你现在豺狼当道，混乱不堪，我要到美国去学习技术，他日归来为你的复兴效劳。"

钱学森到美国进入麻省理工学院航空系，学习成绩一直名列前茅。学工程要到工厂去实践，可当时美国航空工厂歧视中国人，所以一年后他开始转向航空工程理论，即应用力学的学习。1936年10月他转学到加州理工学院。

　　坐落在洛杉矶市郊帕萨迪纳的加州理工学院航空系，有一位大名鼎鼎的空气动力学教授冯·卡门，是匈牙利人。

　　20世纪30年代初，航空科学还处于襁褓之中。冯·卡门当时是这一领域的顶尖人物，后来他被誉为"超音速飞行之父"。1970年，月亮上的某一陨石坑被冠以他的名字。

　　冯·卡门仔细打量着这位仪表庄重、个子不高的年轻人，他提出几个问题让钱学森回答。钱学森稍加思索便异常准确地回答了他的所有提问。冯·卡门暗自赞许：这个中国人的思维敏捷而又富于智慧。他高兴地收下了这位学生。

　　1947年，钱学森与蒋英结婚。1949年任美国加州理工学院喷气推进中心主任、教授。

　　1949年，在中国共产党领导下的中国人民解放运动，以排山倒海之势迅猛发展。继辽沈战役之后，中国人民解放军又胜利地进行了淮海和平津两大战役，北平已经实现和平解放。

　　蒋介石妄图凭借长江天险据守江南半壁河山，但是，这个美梦很快被解放军的渡江作战的胜利所粉碎。

南京解放了，上海也解放了。蒋介石逃到台湾岛，成了美国政府卵翼下的惊弓之鸟。

在隆隆的解放炮声中，中国共产党邀请各民主党派、各人民团体代表，在北平举行政治协商会议。协商议定了新中国的国名、国旗、国歌；改北平为北京，定北京为中华人民共和国的首都；选举了国家领导人和中央人民政府的领导人。

1949年10月1日，毛泽东在天安门城楼上庄严地宣布："中华人民共和国中央人民政府今天成立了！"

新中国诞生之后，钱学森的华人朋友纷至沓来，于是，他的家中弥漫着从大洋彼岸传来的令人振奋的信息。

1949年中秋，皓月当空，秋虫唧唧，阵阵凉风传来花草的清香。钱学森夫妇热情地招待特地赶来共同庆贺传统佳节的中国朋友。他们中间有庄丰甘、罗佩霖等人，大家围坐在一个大圆桌旁。桌心摆放着一盆插花，桌上放着月饼、糖果和葡萄、香梨。

钱学森提议大家一起朗诵李白的诗句《静夜思》。于是，草坪上传出不同乡音朗诵的诗句：

床前明月光，
疑是地上霜。
举头望明月，
低头思故乡。

一时，主人和客人都处于沉思之中。游子的心早已飞过浩瀚的大洋，回到了久别的故乡。

机敏的蒋英察觉到气氛太沉闷了，便拿起桌子上的月饼分送到每位客人手中，嘴里还不停地说："请大家品尝月饼吧，酥皮的、提浆的，甜的、咸的都有。这可是学森专程到洛杉矶的中国店选购的。"

钱学森也赶忙说："对对，大家吃月饼，尝尝味道怎么样？"

吃起月饼，气氛好多了，人们的话题也多了起来。

钱学森轻声说："今年家乡过中秋节，可与往年不同，新的国家政权成立了，社会也安定了，人们可能都很高兴。"

于是，朋友中有几位收到家信的，都纷纷谈到了解放后家乡的情况，传递着各种新消息。

不久前，钱学森收到美国芝加哥大学金属研究所副研究员、留美中国科学工作者协会美中区负责人葛庭燧写给他的一封信，信中向他透露了中华人民共和国即将诞生的消息。在葛庭燧的信中，还附有中国共产党党员、香港教授曹日昌写给钱学森的信。

曹日昌在信中转达了中共中央领导人对钱学森的殷切期望，希望他尽快返回祖国，为新中国服务，领导新中国的航空工业建设。

这些来自祖国的召唤，使钱学森心情异常激动。他压低了嗓门说：

> 我最近接到了一些朋友的来信，他们都告诉我，新生的人民共和国就要开展大规模的经济建设和文化建设，急需科学技术，急需科技和建设人才。我们在国外这么多年，原本都立志学成之后报效国家的，后来由于国内战事不断，社会不安，没有科研环境和条件。现在，新中国成立了，人民拥护新政权，信任共产党，社会也日趋安定，我看，我们报效祖国的时机到了。

钱学森停顿了一下，说："有一位相当可靠的朋友来信，转达了新中国领导人的意愿，他们希望我们早些回去，欢迎我们为新中国服务。"

钱学森的话在朋友中引起了极大的震动，大家在纷纷议论，既有疑虑，更有回归祖国的热望。不论怀有哪一种心情，似乎都想知道钱学森的想法和行动。

在走与留，得与失，荣与辱，个人与祖国，今天与未来的对话中，钱学森早已作出了抉择，这种选择是经过深思熟虑的。

钱学森曾经把自己回国服务的想法告诉了他尊敬的老师冯·卡门，老师却给他泼了冷水。他劝钱学森留在美国，从事他已经功成名就的火箭飞行事业。况且，美国有世界一流的设备条件，这对于他创造新的成就无疑是十分重要的。

在老师的劝阻面前，钱学森也曾想到过，对于他个人来说，留下来自然是可以得到一切应该得到的东西。何况，科学技术是没有国界的，他的老师不就是一位匈牙利籍的犹太侨民吗？

然而，这种想法在他的脑海里只是一闪念。他看到的更严酷的事实是，他所研制的火箭成果完全属于美国，属于美国政府。这个政府曾经是反法西斯联盟的首脑，但现在却变成了敌视新中国，反共、反民主的麦卡锡主义势力的后台。

钱学森进一步深入地思考这个问题的时候，他终于发现自己全身心地投入的火箭飞行事业，其实只不过是增强了这个国家的霸主地位而已。于是，一种屈辱感油然而生。

就在中秋聚会后不久，在钱学森指导下学习的一名中国留学生，毅然中断尚未完成的博士论文，起程返回祖国，参加新中国的社会主义建设去了。

这样，钱学森也加快了回归祖国的准备。

首先，他要求退出美国空军科学咨询团；他提出辞去美国海军炮火研究所顾问的职务；再就是他注意从紧张的授课中挤出时间，到古根海姆实验室整理那些由他承办的各类实验报告和资料档案，悄无声息地做好了一切移交准备。

寒风开始刮起来，1949 年的圣诞节快到了，钱学森收到上海老父亲的来信。信里用了很大的篇幅告诉他上海解放的情况和解放后的巨大变化。

父亲告诉他，中国人民解放军是一支神勇之师。原来，蒋介石要汤恩伯固守一年，汤恩伯也夸下海口，说他的现代化防御工事，是解放军的火力无法攻破的铜墙铁壁。结果，解放军只用了不到半个月的时间，就把大上海给解放了。

父亲告诉他，解放军是一支正义之师。他们纪律严明，秋毫不犯。入城后，为不打扰市民，竟夜宿街头。上海的百姓没有不竖起大拇指夸赞的。

父亲在信的最后嘱咐他，接到这封信后，应及早回归故里，以便把他的特殊才能贡献给人民，贡献给国家，他写道：

> 为父之见，生命仰有根系，犹如树木，离不开养育它的一方水土。唯有扎根于其中，方能盛荣而不衰败。儿生命之根，当是养育汝之祖国。"叶落归根"，是报效养育之恩的典喻，望儿三思。

父亲最后在信中告诉钱学森自己生病了。读完信后，钱学森心情久久难以平静，他恨不能即刻回到病榻上的父亲身旁。

一天，他从一位朋友那里得知，著名数学家华罗庚先生和 30 多名中国留美学生，一起回国了。

华罗庚途经香港时，写了一封致中国全体留美学生的公开信，这封信发表在香港的中文报纸上。不久，钱学森得到了这张报纸，晚上，他与妻子一起在灯下阅读这封公开信。

钱学森读完信后，由衷地感叹道：

> 蒋英，华先生的信说的都是我们要说的话，他代表了我们这一代，这一批海外华人的心声。你看，报纸的按语称赞这封信是华罗庚告别旧中国，投奔新中国的宣言书，我看说得很对。

蒋英也赞同地点点头。

这一晚，他们夫妇久久不能入睡。钱学森起身从书橱中翻出一本珍藏的中国地图，反复地看着，寻找着上海、杭州、北京。他兴奋地对妻子说："我要尽快做好移交准备，争取早日动身回国。"

钱学森停顿了一下，又说："蒋英，只是你的身体很不方便，我担心万一在路上……"

蒋英摇了摇头，笑着说："不会的。不过我可以抓紧时间再检查一下身体，如果胎位正，又没有什么其他病症，就可以下决心安排归期。"

钱学森高兴地连说："好，好！"

赤诚之心

但是，一切都不是钱学森想象的那么简单。在美国社会上肆虐的麦卡锡主义，终于将魔爪伸向教育界，伸向钱学森。

一天，两个美国联邦调查局人员造访钱学森，对他进行所谓"调查"。

他们向钱学森宣读记录，说他1939年曾是美国共产党帕萨迪那第122教授小组的成员。现在美国当局要搞清楚钱学森究竟是不是共产党员。

钱学森从来不是共产党员，所以他感到非常惊奇和愤慨。此后，钱学森多次发现他的私人信件被拆，住宅电话被窃听。更使他不能容忍的是，他的"国家安全许可证"也被吊销了。这表示他已经不能继续进行喷气推进的科学研究，甚至不能留在实验室里工作。

这一系列的打击，使他完全明白了，联邦调查局人员对他的敌意绝不是个别人员的态度问题，更不是什么一时的误会，他们正是代表了美国政府对他的怀疑和敌意。既然美国政府已经抛弃旧日对他的尊敬和褒奖，那么，这个国度就一天也不值得待下去了。

钱学森与蒋英商议好，决心提前离开美国。

钱学森来到加州理工学院院长华生博士的办公室。他开门见山地说："院长先生，我很遗憾地告诉你，我要回中国大陆了。"

"天啊！"院长惊愕地叫了出来，"为什么？你在美国不是很快乐吗？"

钱学森不得不把事情的经过陈述一遍。当华生博士明白了事情的原委之后，耸耸肩膀，表示了一种无奈。

1950年6月，钱学森的"国家安全许可证"被吊销后不久，他便向总统轮船公司打听订购"威尔逊总统号"的船票，他准备全家乘船到香港，再由香港返回中国大陆。但是，后来他从洛杉矶英国领事馆那里获悉，从洛杉矶取得香港的转口签证非常困难，加州理工学院许多中国留学生都曾遇到同样的阻挠。

有人告诉钱学森，设在西雅图的国际贸易服务协会可以帮助取得香港签证。钱学森便写信向这个机构咨询。得到的答复是：如果他搭乘加拿大太平洋航空公司的飞机，他们可以帮助他安排香港的转口签证。

于是，钱学森随即为全家购买了太平洋航空公司的机票。机票日期标明：1950年8月15日起飞。钱学森就是这样光明正大地公开向各界宣布了返回祖国的日程，并且依照正正当当的手续飞离美国。

美国司法部转令美国移民归化局，要他们立即加强监视钱学森，不要让他突然飞离美国。于是，洛杉矶移民归化局便安排了对钱学森的跟踪监视，并限制钱学森的行动自由。

钱学森完全不知道来自五角大楼的密谋，当他还飞行在华盛顿到洛杉矶的途中时，五角大楼已经部署好对付他的一切措施。

飞机在洛杉矶降落了。当钱学森走下飞机时，移民归化局的总稽查朱尔拦住了他。

"你是钱学森教授吗?"

"是的。有什么事吗?"钱学森并没有十分在意。

"我通知你,你不能离开美国,这是移民归化局执法官兰敦签署的命令。"朱尔将这纸命令展示在钱学森面前。

钱学森接过来细看,这纸命令这样写道:

> 凡是在美国受过像火箭、原子能以及武器设计这一类教育的中国人,均不准离开美国。因为他们的才能可能被利用来反对在朝鲜的联合国武装部队。

钱学森被激怒了,他的脸气得苍白。他已经购买了全家人乘坐加拿大太平洋航空公司的机票,而且,8 月 15 日就是起飞回国的日子。

钱学森据理力争,向朱尔申明:

> 海外侨民回归故土,是天经地义的事,美国政府无权干涉。何况,美国还是一个自称为"自由、民主、保护人权"的国度。你们的行动已经损害了侨民的自由,还有什么"自由"可言,真是岂有此理!

但是，这时说什么都无济于事。美国联邦调查局的官员扣押了钱学森已经装上驳船的全部行李，包括800公斤重的书籍和笔记本。当检查人员打开板条箱发现这些书籍时，大惊小怪地宣称："里面一定装有机密材料。这个狡猾的中国人的全部活动证明，他是毛的间谍。"

1950年9月6日，这天下午，钱学森心中有些烦躁。他手中拿了一本书，展开了，又合上，总也无心看下去。他干脆把书本放下，走进了刚刚出生两个月的小女儿永真的卧室。

小女儿正在熟睡，鲜红的小脸上浮现着笑意，两只柔嫩的小手伸在被子外边。

这时，钱学森习惯地走近窗口向外看，只见有两个人向他的家门走来，其中一个就是两个多月前在机场向他下达"不准离开美国"命令的那个叫朱尔的高个子侦探。蒋英抱着小女儿把门打开。只见朱尔带了手枪和手铐，同朱尔一道进来的另一个人是洛杉矶移民归化局的稽查比尔·凯沙。

朱尔宣读逮捕令。然后，钱学森吻了吻妻子和儿子永刚，便被夹在两个美国人中间离去了。

面对麦卡锡分子的残酷迫害，钱学森再一次显示出中华儿女敢于抗邪恶的大无畏精神。在那些最艰难的日子里，他想到了许多。他想起了父亲送给他的那本玄奘的书和父亲的告诫。玄奘为了寻得真经，在西域之行中，经历了"九九八十一场大劫难"。

●赤诚之心

中外志士的爱国主义情操和为了科学、为了真理勇于献身的精神，给了他巨大的鼓舞。他充满信心地同美国当局，同麦卡锡分子的迫害展开了不屈不挠的斗争。

钱学森的妻子蒋英抱着刚刚出生两个月的小女儿永真，拉着蹒跚学步的儿子永刚，四出奔走呼吁，赢得了社会舆论的同情。世界知名人士获悉钱学森无端受辱的消息以后，纷纷致函、致电美国当局，谴责美国当局迫害科学家的暴行。

钱学森在特米那岛上被拘留了 14 天，直到那里收到加州理工学院送去的 1.5 万美金的巨额保释金，才释放了钱学森。

在钱学森受软禁长达 5 年之久的那段漫长的岁月里，蒋英同样作出了巨大的牺牲。她毅然放弃了自己那造诣很深的女高音歌唱家的艺术事业，挺身而出，和自己的丈夫一起，同厄运作斗争。她几乎以自己的全部时间来操劳家务，照料丈夫，抚养子女，同联邦调查局的特务和不怀好意的记者周旋。

钱学森在美国受迫害的消息很快传到国内，新中国震惊了！国内科技界的朋友通过各种途径声援钱学森。

党中央对钱学森在美国的处境极为关心，中国政府公开发表声明，谴责美国政府在违背本人意愿的情况下监禁了钱学森。

1954 年 4 月，美英中苏法五国在日内瓦召开讨论和解决朝鲜问题和恢复印度支那和平问题的国际会议。出席会议的中国代表团团长周恩来联想到中国有一批留学生和科学家被扣留在美国，于是就指示说，美国人既然请英国外交官与我们疏通关系，我们就应该抓住这个机会，开辟新的接触渠道。

中国代表团秘书长王炳南 6 月 5 日开始与美国代表、副国务卿约翰逊就两国侨民问题进行初步商谈。

7 月 21 日，日内瓦会议闭幕。为不使沟通渠道中断，周恩来指示王炳南与美方商定自 7 月 22 日起，在日内瓦进行领事级会谈。为了进一步表示中国对中美会谈的诚意，中国释放了 4 个被扣押的美国飞行员。

1955 年 7 月 25 日，中国外交部成立中美会谈指导小组，由周恩来直接领导。

8 月 1 日，中美会谈由领事级升格为大使级。

尽管中美双方接触了 10 多次，美国代表约翰逊还是以中国拿不出钱学森要回国的真实理由为借口，一点不松口。

正当周恩来为此非常着急的时候，时任全国人大常委会副委员长的陈叔通收到了一封从大洋彼岸辗转寄来的信。他拆开一看，署名"钱学森"，他禁不住心头一震，他迅速地读完了这封信。信中的内容，原来是请求祖国政府帮助他回国。

这封信是钱学森当时摆脱特务监视，写在纸上，夹带在寄给比利时亲戚的家书中，给陈叔通副委员长的。

对于这样一封非同寻常的海外来信，陈叔通深知它的分量，当天就送到了周恩来那里。

"这真是太好了，据此完全可以驳倒美国政府的谎言！"周恩来总理当即作出了周密部署，叫外交部火速把信转交给正在日内瓦举行中美大使级会谈的王炳南，并对王炳南指示道：

> 这封信很有价值。这是一个铁证，美国当局至今仍在阻挠中国平民归国。你要在谈判中，用这封信揭穿他们的谎言。

8月1日，中美大使级会谈继续进行，谈到钱学森回国问题时，约翰逊还是老调重弹："没有证据表明钱学森要归国，美国政府不能强迫命令！"

于是，王炳南便亮出了钱学森给陈叔通的信件，理直气壮地予以驳斥：

> 既然美国政府早在1955年4月间就发表公告，允许留美学者来去自由，为什么中国科学家钱学森博士在6月间写信给中国政府请求帮助呢？显然，中国学者要求回国依然受到阻挠。

在事实面前约翰逊哑口无言。美国政府不得不批准钱学森回国的要求。

1955年8月4日，钱学森收到了美国移民局允许他回国的通知。

尽管钱学森盼望这一天已经很久了，但接到这个离境通知后，还是使他为之一惊。他面对妻子，面对一双儿女，面对那三只准备了多年的行李箱，两行热泪夺眶而出。

钱学森顾不上再和妻子说些什么，立即穿好外衣，到轮船公司去购买回国的船票。可是近期到香港的客轮没有好的舱位了，只剩下三等舱的铺位。他一天也不想在美国多待，来不及与蒋英商量，就毫不犹豫地订下了三等舱位的船票。

当天傍晚，钱学森携着妻子和儿女，叩响了恩师冯·卡门家的门铃。当钱学森向老师说明了即将回国的日程安排时，冯·卡门眼睛也湿润了。

钱学森深知导师的情分，于是，他对一双儿女说："永刚、永真，来给爷爷唱一支歌子好不好？"

两个孩子点点头，从座位上站了起来，走到客厅的中央。冯·卡门亲切地问道："我的小天使，你们要唱什么歌子呀？"

永刚用流利的英语回答道："我们唱《快乐的小白鸽》。"4个大人为两个孩子鼓掌，表示欢迎。

永刚轻轻说了一声，"开始"，兄妹俩同声用英语唱道：

　　聪明美丽的小白鸽，

活泼又快乐。

飞到东，飞到西，

咕咕，咕咕，

嘴里唱着歌。

不怕风，不怕雨，

飞过高山，越过大河，

它们要飞回故乡，

它们要飞回祖国。

晚餐过后，钱学森向恩师恭恭敬敬地捧上两本书，一本是《工程控制论》，一本是《力学讲义》。这是钱学森赠给恩师的礼品，也是向恩师交上自己最后的一份答卷。

74 岁高龄的冯·卡门，接过钱学森的"礼品"，心情十分激动。他默默地翻动着书页，慢慢地抬起眼帘，深情地凝望着他的得意门生。那目光里充溢着慈爱，也充满了自豪。

"钱，我为你骄傲，你创立的工程控制论学说，对现代科学事业的发展，作出了巨大的贡献。孩子，你现在在学术上已经超过了我。"

钱学森握着老师的手，久久说不出话来。他感到光荣，他感到自豪，他感到这是比什么奖赏都要高的荣誉。

1955 年 9 月 17 日，钱学森梦寐以求的回国愿望得以实现了！当天，钱学森携带妻子蒋英和一双幼小的儿女，终于登上了"克利夫兰总统号"轮船，踏上返回祖国的旅途。

10 月 8 日晚，钱学森一行在朱兆祥等人的陪同下到达广州。中国科学院华南植物研究所所长陈焕镛、广东省政府办公厅主任郑天保、中山大学校长许崇清、华南理工学院院长罗明橘、华南医学院副院长等人到车站欢迎钱学森一行。

10 月 13 日，钱学森到达上海。当他看到年迈的父亲倚门迎候时，热泪禁不住从眼角滴落下来。

永刚和永真用不是很流利的中国话说："爷爷好！"

老人看到一双孙男嫡女这样活泼可爱，十分高兴，搂在怀里，淌着热泪连说："我好，我很好！"

1955 年 10 月 28 日，钱学森一家从上海到达北京。

北京是钱学森少年时代居住的地方，是他的第二故乡。20 年后，他又回到这里，回到这新中国的政治与文化的中心，他备感亲切。

两天后，钱学森迫不及待地与妻子、儿女步行来到他仰慕已久，被世人称之为中国心脏的地方——天安门广场。

站在天安门广场，望着那高高飘扬的五星红旗，望着那巍峨的天安门城楼，钱学森有一种庄严、神圣的感觉，有一种主人翁的使命感。

钱学森为中国火箭和导弹技术的发展提出了极为重要的实施方案。

1958 年 4 月起，他长期担任火箭导弹和航天器研制的技术领导职务，对中国火箭导弹和航天事业的发展作出了重大贡献。

朱光亚致信中国留学生

　　1950 年春，赴美国密执安大学从事实验核物理研究工作的物理学博士朱光亚回到祖国。

　　当时，密执安大学的中国留学生十分关注国内形势，他们在思想上形成了两派。

　　朱光亚在担任中国学生的学生会主席时，常常组织一些活动，大家围坐在草坪上传阅《华侨日报》，宣读家信，传递国内消息。那时在芝加哥有假期营地，中国学生有时参加夏令营、冬令营活动。

　　通过这些活动，他向大家宣传国内形势，激励大家的爱国情怀，呼唤同学们努力学好科学知识报效国家。在美国东部工作的华罗庚也抽暇来看望中国学生，亲自参加他们的活动，并叮嘱大家"注意安全"。

　　这时朱光亚结识了攻读化学硕士学位的许慧君女士。聪慧、稳重的许慧君出身名门。父亲许崇清是著名教育家，多年担任广州中山大学校长；母亲廖六薇是民主革命先驱廖仲恺的侄女；外公廖仲舒是中国驻日本公使，与廖仲恺是同胞兄弟。共同的情操与追求，共同的理想和信念，使他们相互倾慕。

　　1949 年 10 月 1 日，中华人民共和国成立，朱光亚呼吁、鼓励大家回国参加新中国的建设。他认为只有把个

赤诚之心

人命运与祖国命运紧密联系在一起，把自己的聪明才智献给祖国，个人的人生价值和理想才能实现。

1950年2月，朱光亚拒绝了美国经济合作总署的旅费，告别女友后取道香港回国。

在途中的轮船上，他与51名留美同学联名发出了《致全美中国留学生的一封公开信》，信中写道：

同学们：

是我们回国参加祖国建设工作的时候了。祖国的建设急迫地需要我们！人民政府已经一而再再而三地大声召唤我们，北京电台也发出了号召同学回国的呼声。人民政府在欢迎和招待回国的留学生。同学们，祖国的父老们对我们寄存了无限的希望，我们还有什么犹豫的呢？还有什么可以迟疑的呢？我们还在这里彷徨做什么？同学们，我们都是在中国长大的，我们受了20多年的教育，自己不曾种过一粒米，不曾挖过一块煤。我们都是靠千千万万终日劳动的中国工农大众的血汗供养长大的。现在他们渴望我们，我们还不该赶快回去，把自己的一技之长，献给祖国的人民吗？是的，我们该赶快回去了。

．．．．．．．．．．．．．．

一点也不错，祖国需要人才，祖国需要各

方面的人才。祖国的劳动人民已经在大革命中翻身了，他们正摆脱了封建制度的束缚，官僚资本的剥削，帝国主义的迫害，翻身站立了起来，从现在起，他们将是中国的主人，从现在起，四万万五千万的农民、工人、知识分子、企业家将在反封建、反官僚资本、反帝国主义的大旗帜下，团结一心，合力建设一个新兴的中国，一个自由民主的中国，一个以工人农民也就是人民大众的幸福为前提的新中国。

最后，朱光亚等人深情地写道：

同学们，听吧！祖国在向我们召唤，四万万五千万的父老兄弟在向我们召唤，五千年的光辉在向我们召唤，我们的人民政府在向我们召唤！回去吧！让我们回去把我们的血汗洒在祖国的土地上灌溉出灿烂的花朵。我们中国要出头的，我们的民族再也不是一个被人侮辱的民族了！我们已经站起来了，回去吧！赶快回去吧！祖国在迫切地等待我们！

信的末尾是朱光亚等 52 名留美学生的签名。
1950 年 3 月 18 日，这封信刊登在《留美学生通讯》第三卷第八期上。后来密执安大学的大部分中国留学生

赤诚之心

回到了新中国。许慧君于朱光亚回国一年后，取得化学硕士学位回到了祖国。

1950年3月朱光亚回到祖国，与家人团聚。看着父母今非昔比的容貌，他很想尽尽孝心。然而一份加急电报改变了他的初衷，4天后他就奔赴北京大学物理系任教。这位25岁的副教授满腔热情地投入了教学第一线，为培养新中国的建设人才勤奋工作。

1950年10月，朱光亚与许慧君喜结良缘。廖仲恺的夫人何香凝绘制了一幅梅花国画相赠，并与廖承志一起出席了他们简朴的婚礼。

在完成繁重教学任务的同时，他没有忘记原子弹。1951年5月，商务印书馆出版了他撰写的《原子能和原子武器》，书中介绍了原子能发展、原子弹研制、氢弹秘密等内容，是我国系统介绍核武器的早期著作之一。

1952年春，朝鲜战争进入胶着状态，停战谈判成为中国外交工作的大事之一。国家从高等院校中选派了一批政治可靠、有较高英语水平和掌握现代科技知识的教师，作为我国谈判代表团的翻译。

北京大学选派了朱光亚和钱学熙两人。他们于1952年4月从北京出发，跨过鸭绿江，坐着敞篷卡车沿着崎岖的山路，冒着枪林弹雨，经过两天一夜的紧张奔波到达朝鲜开城中国人民志愿军谈判代表团所在地。

朱光亚等人在极其艰苦的环境下，每天晚上都拉着防空帘在微弱的灯光下忙碌，一听到警报就马上收好文件钻防空洞。这时美国一直在研究使用原子武器，谈判桌前美方代表经常挥舞着核大棒。

为了不让对方有空子可钻，谈判双方彼此练出了耐力与坐功。朱光亚在这种情况下养成了开会时长时间耐心地听别人发言的习惯，从不轻易表态，一旦讲话，就能令人折服。

朝鲜战场上残酷的战争场面、敌我双方武器装备的差距、美国的核威胁，使朱光亚认识到现在再也不是小米加步枪的时代了，年轻的共和国要想真正独立，不受人欺侮，中华民族要想重新自立于世界民族之林，就必须拥有自己强大的现代化国防。

1957 年，朱光亚开始从事核反应堆的研究工作，领导设计、建成轻水零功率装置并开展了堆物理试验，跨出了中国自行设计、建造核反应堆的第一步。

20 世纪 70 年代以来，朱光亚参与组织秦山核电站筹建和放射性同位素应用开发研究，80 年代后参与国家高技术研究发展计划的制定与实施、国防科技发展战略研究工作。1985 年，朱光亚获国家科技进步奖特等奖。

邓稼先谢绝恩师挽留

1950 年 8 月，26 岁的邓稼先在美国获得博士学位后第九天，便谢绝恩师和同校好友的挽留，毅然决定回国。

8 月 29 日，邓稼先登上"威尔逊总统号"轮船返回祖国。9 月，他在中国科学院近代物理研究所任助理研究员，从事原子核理论研究工作。

同年 10 月，邓稼先来到中国科学院近代物理研究所任研究员。

在北京外事部门的招待会上，有人问他带了什么回来，邓稼先说：

带了几双眼下中国还不能生产的尼龙袜子送给父亲，还带了一脑袋关于原子核的知识。

邓稼先的话，感动了在场的很多人。

邓稼先 1924 年 6 月 25 日生于安徽怀宁白麟坂的铁砚山房。

这所大院之所以叫铁砚山房，是因为最早建设这所宅第的是邓稼先的六世祖邓石如，他自号完白山人，是清代篆刻、书法第一大家，因友人赠他四方铁砚，遂以此为自己的书斋之名。

邓稼先的祖父叫邓艺孙，1912 年曾任过安徽教育司长，在安徽学界是颇有名气的人物。

邓稼先的父亲叫邓以蛰，1892 年生。少年时代，在老家受邓艺孙先生的严格家教，苦读诗文，工画山水。1907 年东渡日本，入弘文学院及早稻田大学，以后又赴美国哥伦比亚大学攻读哲学，从大学到研究院共学习 5 年。他从美国归来后被聘为清华大学哲学系教授。他在《晨报》上发表了许多文章，对一些问题有自己独到的见解。

邓稼先的母亲叫王淑蠲，是一位温顺善良的妇女。邓稼先 8 个月大就被抱到了北京，这时父亲早已学成归国任清华大学教授了。

1935 年，邓稼先考入志成中学念了一年书，初二时转到崇德中学。崇德中学是一所教会学校，注重英文，邓稼先的英文从此是百尺竿头更进一步。

在数学、物理方面，他得到了高年级的杨振宁的帮助，引起了他对理科，特别是数学的兴趣。父亲专请师大附中的李老师到家里来给他补课，给他一个在数学上起跳的机会。他也对数学着了迷，每天晚上做题到深夜。

接着，邓稼先开始读鲁迅的书，读更多的外国小说。他常常对弟弟邓槜先说："屠格涅夫的《罗亭》里有一句话说'不要做言语的巨人，行动的矮子'，这句话说得真好。"他的思想开始走向成熟。

1937 年，震惊中外的"七七事变"爆发了。

7月29日，北平沦陷。这以后，邓稼先除读书之外，开始和一些同学聚会，谈论国家的命运和前途。

"七七事变"后，16岁的邓稼先在父亲安排下随大姐去了大后方。在四川江津读完高中，于1941年考入西南联合大学物理系，受业于王竹溪、郑华炽等著名教授。

抗日战争胜利时，邓稼先拿到了毕业证书，在昆明参加了中国共产党的外围组织"民青"，投身于争取民主、反对国民党独裁统治的斗争。第二年，他回到北平，受聘担任了北京大学物理系助教，并在学生运动中担任了北京大学教职工联合会主席。

这个时期，邓稼先读了毛泽东的《新民主主义论》等许多著作，从中受到深刻的启发和教育，他坚信中国共产党领导的人民解放事业定会成功，一个崭新的中国必将诞生。

1947年，邓稼先顺利通过了赴美研究生考试。当年秋天的一个晚上，邓稼先无意中碰到了北大物理系二年级的于敏，两人并不相识，却聊得很投机，无所不谈，一直聊到深夜。他们没有想到，20年后，他们俩合作提出了"邓—于方案"，为中国氢弹的研制成功在理论设计上作出了杰出的贡献。

1948年秋，邓稼先受杨武之教授之托，与杨振宁的弟弟杨振平结伴乘船，漂洋过海到美国去。

临行前，对他思想帮助很大的袁永厚要他留在北平迎接解放，但是他明确地回答说：

将来祖国建设需要人才，我学成一定回来。

　　1948 年 10 月，邓稼先进入美国印第安纳州的普渡大学研究生院，读物理系。学校位于芝加哥南边约 160 公里的小城拉菲亚得，这里有些荒凉。但是，邓稼先后来却暗暗庆幸这个荒漠般的环境，因为这里是下苦功攻坚的读书胜地。

　　邓稼先的导师荷兰人德尔哈尔是搞核物理研究的。邓稼先的博士论文题目是《氘核的光致蜕变》，在当时是一个很时髦的题目，属于理论核物理范围。

　　邓稼先到美国后的第一个强烈感觉是，美国的科学技术水平与当时中国的科技水平之间有着难以想象的差距。这个事实再一次刺伤了他的民族自尊心，他下死工夫读书，增添了玩命似的勤奋。

　　邓稼先曾和我国著名的低温物理学家洪朝生共租一间房子。他生活很拮据，只能吃几片面包、一点香肠这样最简单的伙食。

　　邓稼先在普渡大学经常给早去的学生讲国内情况，他是中国共产党的外围组织——留美中国科学工作者协会普渡大学分会的干事之一。

　　邓稼先刚到普渡时是一名自费生，过了一段时间，他各门功课的考试成绩都已达到了 85 分以上，从而获得了奖学金，这样在吃饭问题上再也不用发愁了。

　　邓稼先在很多课程上吃西南联大的老本，把挤出来的时间用到钻研物理学发展前沿的新成果方面，这种在关键时从大处着墨的眼光和气魄，是他能在许多方面取得重大成绩的一种最重要的品格。

　　1950 年 8 月 20 日，邓稼先获得了博士学位。

　　1950 年 8 月 29 日，邓稼先就上船回国了。

　　邓稼先回到北京以后，见到了父母、大姐和三姐。小弟邓槜先已参加了南下工作团，到湖北从事解放区的开辟工作，所以没有见到。

　　不久，邓稼先被安排到中国科学院近代物理研究所工作。研究所设在东皇城根，1953 年搬到中关村。从1950 年 10 月到中科院，他大约在这里工作了 8 年。

　　在这 8 年间，邓稼先进行了中国原子核理论的研究，被誉为"中国原子弹和氢弹之父"。

童第周谢绝重金续聘

1950 年，生物学家童第周开始系统地研究在生物进化中占有重要地位的脊索动物文昌鱼的卵子发育规律，并为国际上这方面研究提供了重要文献。

20 世纪 60 年代，动物细胞核和细胞质在发育生物学的重要作用方面，童第周取得了突破性的成果。1963 年，童第周在鱼类核移植克隆领域获得成功。

1973 年，童第周首次在异种鱼类细胞核移植中获得重大成功，创造了世界生命科学的克隆奇迹，开创了人类按照需要进行人工培育新种的历史先河，国际科学界将这种克隆鱼命名为"童鱼"。

著名国画大师吴作人观后即兴创作"童鱼图"，赵朴初随后在画上题了一首绝妙好诗：

> 异种何来首尾殊，画师笑道是童鱼。
> 他年破壁飞腾去，驱逐风雷不怪渠。
> 变化鱼龙理可知，手提造化出神奇。
> 十年辛苦凭谁道，泄露天机是画师。

童第周能够在生物研究界取得巨大的成就，离不开他艰苦学习、攻克难关的毅力，更离不开国家对生物科学研究的重视。

童第周，1902 年 5 月出生在宁波鄞县塘溪镇童村。这是一片山清水秀，人才辈出的土地。童第周的父亲是村里的私塾先生。

童第周小时候好奇心很强。一天，他在屋檐下的阶沿上玩"跳房子"的游戏，突然发现石板上整整齐齐地排列着一行手指头大的小坑。咦，这是谁凿的呢？凿这一溜小坑有什么用呢？

他把父亲从屋里拉出来接连问了几个为什么。父亲一看笑着说："小傻瓜，这些坑不是人凿的，是檐头水滴出来的！"

童第周不相信，把小脑袋一歪："爸爸骗人！檐头水滴在头上一点不疼，它还能在那么硬的石板上敲出坑来？"

他父亲耐心地解释道："一滴水当然敲不出坑来，但是，长年累月不断地滴，不但能滴出坑来，而且还能敲穿洞呢。古人老话'滴水穿石'呀！"

童第周对这个道理虽似懂非懂，却十分惊奇。终于等到了一场大雨来直接证实父亲的话。他静静地坐在门槛上，看檐头水一滴一滴地滴在石板上，多么齐心，多么顽强，他心想，天长日久，自然水滴石穿了。于是逐渐领悟了父亲的话。

1923 年 9 月，童第周以优异的成绩考上复旦大学，他选择了哲学系的心理学专业。

1927 年 5 月，大学毕业后，童第周先后在南京北伐军总司令部政治部宣传处和浙江桐庐县政府短暂工作，后被南京中央大学生物系主任蔡堡教授招为助教。

青年助教童第周开始工作了，他憧憬着美好的未来：搞科研、做学问，为心理学的发展作出自己的贡献。但是，当这个精神焕发的青年教师兴冲冲地搬进"科研楼"时，一个气势汹汹的声音却喊住了他："喂，站住！"

童第周回头一看，原来喊他的是一位刚喝过洋墨水回国的大腹便便的胖教授。

童第周在门口站住了，不知道胖教授为什么叫他。

"是，是你要搬到科研楼来住吗？"胖教授跑得气喘吁吁，满脸是汗，还没有站稳，就冲着童第周大喊："谁让你搬进来的，你凭什么搬进来？"

"是老师通知我的，说科研人员可以搬到这里来住。"

"你们这些青年教师，学问不多，搬得倒快，我们教授还没有搬进新居，你们倒捷足先登了！"胖教授眼中露出轻蔑的目光。

童第周咬了咬嘴唇，突然一个转身，掉头而去！

胖教授本想奚落这个年轻人几句，这时反而弄得很尴尬。他望着童第周远去的身影，只好自我解嘲说："咳，真是年少气盛！年少气盛！"

童第周一路愤愤地想："学问是用来教育人的，还是用来教训人的？为什么有的人喝了几天洋墨水就这样盛气凌人？我也去国外学几年，让这种人看一看！"

后来，童第周谈到他"出洋"的原因时还带着自嘲说："那时候，还有点赌气呢！"童第周决心成为一个有气节的科学家，为了这个目的，他打算到国外去留学。

亲友中间，支持童第周出国的也有，不过，多数希望他能缓期起程，等筹备了足够的资金再说。只有一个人支持他快走，而且马上出发。这个人，就是以后成了童第周终身伴侣的叶毓芬。

1930 年，童第周和叶毓芬正处在热恋之中，但他们却要分手了。当时，叶毓芬在复旦大学读书，其学费和生活费还是由童第周资助的。如果他一走，必然会给叶毓芬留下许多困难。可是，叶毓芬考虑再三，还是决定支持童第周出国深造。

出国前夕，他们回到宁波举行婚礼，随后童第周就踏上了去比利时留学的旅途。临别时，叶毓芬送上一本《法语读本》说："比利时是讲法语的，你要抓紧学啊。"

童第周爽快地回答："我在旅途中就开始自修！"

叶毓芬宽慰丈夫："第周，你去吧，有困难来信，我在国内想办法。不过，刻苦努力，要靠你自己了。"

童第周和亲友挥手告别以后，登上了北上的列车，经满洲里、莫斯科，一个月后到达了比利时首都布鲁塞尔。

在比利时首都布鲁塞尔大学，童第周的留学生活十分清苦。叶毓芬千方百计地支持丈夫在国外攻读，使童第周十分感动。为了中华民族的荣誉，为了答谢妻子的深情厚谊，童第周在生物学的天地里拼搏进击。

童第周虚心请教导师，孜孜不倦钻研学问，在实验室有时连续工作十几个小时，把别人用来游玩消遣的时间投入到学术研究中，很快受到了导师的赞赏和重用。

童第周在欧洲著名生物学者勃朗歇尔教授的指导下，研究胚胎学。当时，他发现有的外国留学生对中国人抱着一种藐视的态度，说"中国人是弱国的国民"。和他同住的一个洋人学生公开说："中国人太笨。"

听到这些，童第周再也压抑不住满腔的怒火，他对那个洋人说："这样吧，我们来比一比，你代表你的国家，我代表我的国家来和你比，看谁先取得博士学位。"

童第周憋着一股气，在日记中写下自己的誓言：

中国人不是笨人，应该拿出东西来，为我们的民族争光！

研究胚胎学，经常要做卵细胞膜的剥除手术。有一次做实验，教授要求学生们设法把青蛙卵膜剥下来，这是一项难度很大的手术。青蛙卵只有小米粒大小，外面紧紧地包着三层像蛋白一样的软膜，因为卵小膜薄，手术只能在显微镜下进行。许多人都失败了，他们一剥开卵膜，就把青蛙卵也给撕破了，只有童第周一人不声不响地完成了这项实验任务。

勃朗歇尔教授知道后，特地安排了一次观察实验，把学生们都找来看。

实验开始了，童第周不慌不忙地走到显微镜前，熟练地操作着。人们看到，他像钟表工人那样细心，像高明的外科医生那样一丝不苟。

在显微镜下，他先用一根钢针在卵上刺了一个小洞，于是胀得圆滚滚的青蛙卵马上就松弛下来，变成扁圆形的，再用钢镊往两边轻轻一挑，青蛙卵的卵膜就从卵上顺利地脱落下来了。他干得又快又利落。

"成功了！成功了！"同学拥上去祝贺，勃朗歇尔教授更是激动万分，这是他搞了几年也没有成功的项目啊！他抑制不住内心的喜悦，连声称赞："童第周真行！中国人真行！"

童第周剥除青蛙卵膜手术的成功，一下子震动了欧洲的生物界。4年之后，通过答辩，比利时的学术委员会决定授予童第周博士学位。这时，有人劝童第周留在国外工作。然而，童第周怀念阔别多年的祖国，想念含辛茹苦的妻子，还有那未曾见面的女儿。

回国后，童第周夫妇一同到山东大学任教。不久，抗日战争爆发，山大奉命南迁。童第周带着妻子儿女在兵荒马乱中逃到四川，先后在几所大学任教。

1948年2月，应美国洛克菲勒基金会邀请，童第周受聘美国耶鲁大学动物系教授，兼任麻省林穴海洋生物研究所和英国剑桥大学客座研究员。

1949年3月，童第周看到了新中国成立的曙光，他谢绝重金续聘，毅然回国，任职山东大学，并筹建中科院海洋生物研究机构。

新中国成立后，童第周夫妇受到党和政府的亲切关怀。他们精神振奋，并肩战斗，在细胞遗传学的研究方面取得重大进展。"童鱼"的诞生，就是一个奇迹。

每逢文昌鱼产卵季节，夫妇俩常不分昼夜地连续待在实验室里几十天，观察、记录、解剖、实验，积累数据，探索奥秘。童第周的大部分科研成果，都凝结着叶毓芬的心血。

1973 年，在周恩来的亲切关怀下，童第周和他的伙伴们开始细胞遗传学的研究工作。他在解剖显微镜下，用比绣花针还细的玻璃注射针，把从鲫鱼的卵细胞中取出来的遗传因子，注射到金鱼的受精卵中。

金鱼的卵还没有小米粒大，做这样的实验该有多难啊！可是童第周成功了。孵化出的幼鱼中，有一条鱼披着金色的鳞片，长着鲫鱼那样的单尾巴，说明鲫鱼的遗传基因已经在金鱼卵中发生了作用。这种鱼因为是童第周创造出来的，因此，人们叫它"童鱼"。童第周的实验成果，给生物学作出了巨大贡献。

邹承鲁毅然回到祖国

1951 年，怀着一颗报效祖国的赤子之心，邹承鲁获剑桥大学生物化学博士学位后立即回国，在中国科学院上海生物化学研究所工作。

邹承鲁与王应睐等人合作纯化了琥珀酸脱氢酶，并发现辅基腺嘌呤二核苷酸与蛋白部分通过共价键结合，这是以往从没有发现过的。他们对呼吸链和其他酶系的系列工作奠定了中国酶学和呼吸链研究的基础。

邹承鲁，江苏省无锡县人，1923 年生于山东省青岛市。1941 年重庆南开中学毕业，1945 年西南联大化学系毕业。邹承鲁把一生做学问的基本原则归纳为：

努力追求科学真理，避免追求新闻价值，跟踪最新发展前沿，不断提高水平，勤奋工作，永不自满。

这一思想的形成，和邹承鲁在从中学到研究生时期所有老师的教导密不可分。

邹承鲁在重庆南开中学读书时期，奠定了理科各门以及中英文的良好基础，这些在西南联大学时期都得到了巩固和提高。更重要的是养成了自学习惯和踏踏实实勤奋工作的作风。

大学毕业后邹承鲁有幸考取公费去英国留学，去剑桥大学面试之后被录取入学。邹承鲁做这个选择可以说完全是慕名。当时在生物化学领域，剑桥大学是世界上最主要的研究中心之一。

入学之后，剑桥大学没有研究生必修课程，研究生直接进入课题研究。

由于邹承鲁是化学系毕业，尅林教授给邹承鲁三个月时间自学生物化学和酶学基础知识。完成之后，一面旁听必要的基础课程，一面开始研究工作。

研究生学习期间，在尅林教授的指导下，邹承鲁在酶学方面做了一些有价值的工作，三年研究生期间共发表了 7 篇研究论文。其中 6 篇是由邹承鲁作为单一作者署名的，另一篇是和一位博士后合作完成的。

尅林教授十分注意鼓励学生发挥自己的创造性，他给了邹承鲁第一个研究题目。完成后，第一篇论文于1949 年在英国《自然》杂志上发表，他让邹承鲁单独署名。完成第一项工作后，他鼓励邹承鲁自己提出设想，设计方案，进行研究。

邹承鲁在研究生期间发表的论文中三篇是导师给的题目，其余是自己提出的设想，除其中一篇与人合作外，其余都是独立完成，单独署名发表的。但是在这些单独署名的论文中，也同样浸透了导师的心血。

邹承鲁在英国学习期间适值二次大战之后，英国的工作和生活条件都比较艰苦，这对邹承鲁是很好的锻炼。

1951 年，邹承鲁回到祖国，在中国科学院上海生物化学研究所建立了自己的研究组。

在一个工作已经顺利开展成果不断涌现的集体中，特别是在导师指导下进行工作，和在一个新的实验室自行创业是完全不同的经历。邹承鲁有一个很生动的比喻：

把一个黑煤球投入一个旺火炉，很容易就会烧红，但是如果要从头生火，把一个黑煤球烧红就不那么容易了。

加上当时国内的实验条件毕竟比较简陋，当时的生物化学所也同样只有一台分光光度计，也没有可控温的离心机。但是历尽艰辛，邹承鲁终于从头创业，因陋就简，建立了自己的研究组，并开始取得有价值的成果。

邹承鲁满腔热情地积极为国家科技政策和科学发展建言献策，为中国科学事业快速健康的发展呕心沥血。

邹承鲁是一位刚直不阿的斗士，是一位杰出的爱国科学家。

梁思礼热血铸飞天

1949 年 10 月初的一个早晨,在美国"克里夫兰总统号"邮轮上,一个年轻人迎着日出拿着短波收音机爬到船的高处架上天线,调收来自亚洲的节目。

当时,船已驶近亚洲,一条新闻从收音机里传出:

中华人民共和国成立了!

他赶快把这个消息告诉同行的人们,船上一片欢腾。这位年轻人就是梁思礼。

1949 年 9 月底,梁思礼在美国辛辛那提大学获得博士学位后,放弃在美国工作的机会,与一批进步留学生,包括姐姐梁思懿一家 4 口,乘船回国。

梁思礼是梁启超的第五个儿子,出生在 1924 年。梁启超的饮冰室建在当时天津的意大利租界。

梁思礼小时候在饮冰室住过一段时间。当时的房子分为老楼和新楼两部分,新楼是意大利设计师白罗尼欧设计的二层小楼,也就是人们常说的饮冰室。

作为最小的孩子,梁思礼最受父亲疼爱。他被梁启超称作"老白鼻",英语是宝贝的意思。1927 年 1 月,梁启超在给海外孩子们的信中写道:"每天'老白鼻'总来搅局几次，是我最好的休息。"

他又写道：

> "老白鼻"一天一天越得人爱，非常聪明，又非常听话，每天总要逗我笑几场。他读了十几首唐诗，天天教老郭（保姆）念，刚才他来告诉我说："老郭真笨，我教他少小离家，他不会念，念成乡音无改把猫摔。"他一面念一面抱着小猫就把那猫摔在地上，惹得哄堂大笑……

尽管梁思礼当时还小，但正是梁启超的这些记述，让他能够在日后追忆更多在饮冰室的时光。

1941 年 11 月，梁思礼和梁思懿夫妇乘同一条总统邮轮前往美国留学。这一年他 17 岁，带着工业救国的抱负去美国卡尔顿学院读书。

梁思礼到达卡尔顿学院不久，珍珠港事件爆发。他与国内的一切联系中断了，家里没法寄生活费，手中只剩下 200 美元，他开始了独立的穷学生生活。

由于在高中已经学过美国大学一年级的课程，梁思礼成绩很好，只是需要用英语来学习的课程如历史、文学相对有些难度。

由于读书比较轻松，梁思礼在体育和挣生活费上花的时间不少。为了赚生活费，他当过食堂侍者，洗过盘子，暑假去罐头工厂当小工，还去银湾湖旅游点当过正式的救生员。

两年后，梁思礼转入有"工程师摇篮"之称的普渡大学学习电机工程。这里学习很紧张，暑假也要选修补课。梁思礼后来回忆说：

> 尽管如此，校摔跤队还一定要我参加。1944年，美国中西部十大学摔跤联赛中我们队获冠军。

课余时间，梁思礼还主持广播古典音乐节目，在节目中还插播有关中国的报道。此间，梁思礼订阅进步的中文报纸《美洲华侨日报》，他把从上面了解到的解放区的情况也插播在节目中。

抗战胜利后，大批中国留学生去美国留学，其中不少是思想进步的学生，其中还有梁思礼中学时代的好友陆孝颐。

1947年，梁思礼正在辛辛那提大学攻读硕士和博士学位，由于出国6年之久，对国内情况不是很了解，只想回国后用所学知识工业救国。

陆孝颐当时已是中共党员，由组织委派出国深造，并对留学生们做工作。他向梁思礼介绍国民党挑起内战，接收大员们的腐败，民不聊生等情况，使梁思礼在思想上提高了一大步，并加入了留学生的进步组织。

梁思礼钟情于航天事业，深受梁启超爱国思想的影响。正是在父亲"工业救国，技术救国"的思想影响下，梁思礼决定从美国回国参加建设。

1949 年 9 月，当新中国将要成立的消息传到他耳朵里的时候，梁思礼在美国再也待不下去了。他要回家，要回到已离别 8 年的祖国，回到母亲身边，他要为新中国建设出力，为年迈的母亲尽孝。

在美国"克里夫兰总统号"邮轮上，当他们得知新中国成立的消息后，都十分激动。船上的进步学生听到新中国的国旗是五星红旗，5 颗星是黄色的，但在旗上怎么排放却不知道。

为了准备庆祝会，他们找来一块红布，又剪了一颗大星、4 颗小星，把大星放在中央，再在四个角上各放一颗星。就以这面心目中的国旗为背景，大家在甲板上开了一个别开生面的庆祝会。

1956 年，国防部第五研究院成立，梁思礼被任命为导弹控制系统研究室副主任，是钱学森院长手下的 10 个室主任之一，他将全部身心都投入到导弹与火箭的研制事业之中，为中国的航天事业贡献出了巨大的力量。

严东生克服阻挠回国

1949 年 10 月，新中国诞生的消息传到美国，使远在大洋彼岸的严东生欣喜若狂。他渴望立即回国，以了"矢志科学、许身报国"之心愿。

严东生于 1918 年 2 月 10 日出生于上海的一个知识分子家庭。他的父亲毕业于北洋大学土木工程系，任京汉铁路局工程师，为人正直，工作勤恳；母亲毕业于杭州女子师范，是一位知书达理的知识女性。

严东生自幼受到良好的家庭教育，他勤奋读书，为人正直。1929 年就读于北平崇德中学。严东生品学兼优，学习成绩一直保持年级第一名。

这个学校有多位英籍教师，多门课程用英文课本或英语讲授，为他高中毕业时已可阅读英文名著，打下了良好的英语基础。崇德中学的寄宿生活，养成了他独立生活和学习的能力。他热爱田径、网球、手球运动，使他能长期保持良好的体质和充沛的精力。

1935 年，严东生考入清华大学化学系。该系要求学生在第一学年成绩必须是良好以上，否则就得转系。严东生以总评优秀的成绩升入化学系二年级，迈入终生从事的化学专业的殿堂。

1937 年，抗日战争爆发。严东生未能随校南下，遂从清华转入燕京大学化学系。

燕京的教育更注重启发式，即使是考试，包括期中大考，也常开卷进行，以提高学生分析问题、解决问题的能力。在这种方式培养下，严东生练就了独立研究问题的能力，对他以后的学术生涯颇有裨益。

在大学的最后两年，严东生始终保持着全校总成绩第一名的优异成绩。他选择"酚醛高分子聚合及其离子交换作用"作为毕业论文课题，撰写出质量较高的论文，获得好评。

1939年，严东生从燕京大学毕业，留校攻读硕士学位兼做张子高教授的助教。在张子高的影响下，严东生对无机材料研究中一个重要基础课题"固相反应"进行探索，撰写了研究论文"固相反应机理"并获硕士学位，为以后长期从事材料科学研究迈出了坚实的一步。

1941年，太平洋战争爆发，燕京大学停办，严东生随张子高教授受聘于私立中国大学。1942年任唐山开滦煤矿马家沟耐火材料厂助理工程师。

抗日战争胜利后，严东生获得奖学金赴美留学，先进入纽约大学化学系，一年后转到伊利诺伊大学，从事无机材料研究，并攻读博士学位。

1949年春，严东生的博士论文《高温氧化物系统相平衡的研究》顺利通过答辩，获得博士学位。同年被选为西格马赛等荣誉学会的会员，并留在伊利诺伊大学继续从事博士后的研究工作。

在留美期间，严东生与进步学者一起组织留美中国科学工作者协会伊利诺伊大学分会，参加进步活动，阅读进步书刊，公开发表爱国演讲。

10月1日，中华人民共和国成立的消息传到大洋彼岸，在伊大的中国学人奔走相告，欣喜若狂。

严东生后来回忆当时的情景说：

> 在建立新中国时，我们没有出什么力，现在建设新中国的时期已经到来，没有理由再留在美国。考虑至少有三件事需要进行，一是提前中止我和学校方面的研究合同，二是办理离美手续，三是解决回国的交通。

严东生放弃国外优厚的工作、生活条件，毅然辞去伊利诺伊大学的聘约，克服各种阻挠，登船绕道香港回到中国。

1950年春，严东生登上"威尔逊总统号"从美国起程，通过复杂的航程到达香港，再辗转至塘沽港口，历经艰辛终于回到了祖国。

回国后，严先生几十年以来一直从事无机高温材料、特种涂层和复合材料的研究工作。

1950年，国家正处于国民经济恢复时期，钢铁工业急需在战后的废墟上重建。严东生到开滦化工研究所后，立即着手耐火材料的研究，并到鞍山钢铁公司参与制定第一个耐火材料的生产、检验、测试标准。该标准以后沿用颇久，对中国钢铁工业的发展起了促进作用。

同时，严东生还开展了窑炉热平衡的研究，详细计算分析了高温装置中热量的分配，提出了节约能源的有效措施。

严东生是中国在无机材料研究上取得突出成就的科学家。他的主要经验是：持之以恒，推陈出新。

严东生曾说：

> 立志为中国的建设发展而献身是我国几代科学家的理想和美德。

这句话表达了严东生和那一代留学生对祖国赤诚的热爱之情。

吴文俊谢绝师友挽留

1951 年 8 月，吴文俊谢绝法国师友的挽留，怀着热爱祖国的赤诚之心，回到祖国。

吴文俊 1919 年 5 月 12 日出生在上海一个知识分子家庭。父亲吴福国在交大前身的南洋公学毕业，长期在一家以出版医药卫生书籍为主的书店任编译，埋头工作，与世无争。

吴文俊家中关于五四运动时期的许多著作与历史书籍对少年吴文俊的思想有重要影响。吴文俊在初中时对数学并无偏爱，成绩也不突出。只是到了高中，由于授课教师的启迪，逐渐对数学及物理产生兴趣，特别是几何与力学。

1936 年中学毕业后，他并没有专攻数学的想法，甚至家庭供他上大学有一定困难，只是因为当时学校设立三名奖学金，一名指定给吴文俊，并指定报考交大数学系，才使他考入这所著名学府。

比起国内当时一些著名大学来，交大数学系成立较晚，教学内容也比较古老，数学偏重计算而少理论。吴文俊在大学一、二年级时听过初等数学、微积分（胡敦复讲）、高等微积分、复变函数论、微分方程等课程，用的都是英美教本，理论不多。

　　吴文俊念到二年级时，对数学失去了兴趣，甚至想辍学不念了。

　　到三年级时，武崇林讲授代数与实变函数论，才使吴文俊对数学的兴趣发生新的转机。他对于现代数学尤其是实变函数论产生了浓厚的兴趣，在课下刻苦自学，反复阅读几种主要著作。当时他求知欲旺盛，吸收力强，从而在数学方面打下了坚实的基础。

　　1940年吴文俊从交大毕业，当时正值抗战时期。他因家庭经济问题，经朋友介绍，到租界里一家育英中学教书，做许多烦琐的日常事务性工作。

　　由于当时吴文俊比较害羞，不擅长讲课，授课时数不足，不得不兼搞教务工作。1941年12月"珍珠港事件"后，日军进驻各租界，他失业半年，而后又到培真中学工作，在极其艰苦的条件下，勉强度过日伪的黑暗统治时期。

　　吴文俊工作认真，也钻研教学，比如曾反复思考，换用多种方法讲授"负负得正"之类的内容。还要批改作业，占用了大量时间及精力。

　　1945年8月15日，日本宣布无条件投降。饱经劫难的中国人民，终于结束了这个最野蛮、最凶残的帝国主义长达14年之久的欺辱和蹂躏，迎来了最后的胜利。抗日战争胜利以后，吴文俊到上海临时大学任教。1946年4月，数学家陈省身从美国回国，在上海筹组中央研究院数学研究所。

当时，吴文俊并不认识陈省身，是经友人介绍前去拜访的。亲戚鼓励他说："陈先生是学者，只考虑学术，不考虑其他，不妨放胆直言。"

在一次谈话中，吴文俊直率地向陈省身提出希望去数学所，陈省身当时未置可否，临别时说："你的事我放在心上。"

不久，陈省身即通知吴文俊到数学所工作。1946 年8 月起，吴文俊在上海岳阳路数学所工作一年多，图书室作为工作地点。

这一年，陈省身着重于"训练新人"，有时一周讲12 小时的课，讲授拓扑学。听讲的年轻人除吴文俊外，还有陈国才、张素诚、周毓麟等。陈省身还经常到各房间同年轻人交谈。

与陈省身的结识是吴文俊一生的转折点。

吴文俊开始接触到当时方兴未艾的拓扑学，这使他大开眼界，使自己的研究方向由过去偏狭的古老学科转向当代新兴学科。在陈省身的带动下，吴文俊很快地吸收了新理论，不久后就进行了独立研究。

1947 年，当时的国民政府教育部招收中法留学交换生，吴文俊在师友的劝说下报考，数学考了满分。就这样，吴文俊踏上了赴法之路。

法国在二战之后成为世界数学的中心，陈省身曾经师从法国著名的数学家嘉当先生，他给当时在法国的师友写了信，推荐吴文俊："天资聪慧，有数学天赋，望关照。"

　　在选择去什么样的城市时，陈省身力推吴文俊去个小点的城市。他说巴黎是个大城市，有太多和数学无关的诱惑，对数学的研究不利。

　　吴文俊接受了陈省身的建议，来到法国小城斯特拉斯堡，从师于嘉当的学生艾瑞斯莫。

　　就是在法国的 5 年之间，吴文俊完成了影响世界的"吴示性类"和"吴公式"，然而回忆起这段历史，吴老更愿意讲在他的成果没有出来之前别人看自己的眼光。中国在世界上让人看不起的历史背景折射在人与人之间的相处上。

　　吴文俊和其他的中国留学生过着简朴的生活，浪漫法国所独有的咖啡屋式数学研究和他们没有太多的关系。直到吴文俊的研究出来之后，高傲的法国数学家才开始平视这位其貌不扬的中国矮个子。

　　1947 年秋天，吴文俊应嘉当的邀请，到巴黎法国国家科学研究中心做研究工作，先任助理研究员后升至副研究员。

　　在巴黎期间，他在示性类方面又上了一个新台阶。简单说，主要是得出著名的吴文俊公式，这个公式完整地解决了施提菲尔—惠特尼示性类的理论问题，其中一个结果是证明该示性类的拓扑不变性。

　　这是 1949 年底得出来的。吴文俊的手稿没有发表，他就把结果告诉了一起工作的同伴道姆，道姆很快就得出了一般结果。

　　吴文俊回国之前，在各个数学中心传扬着这位年轻人的工作。有人说，这是数学、特别是拓扑学的一次地震。而引发这次地震的是在法国工作的四位年轻数学家，他们是这样依次排序的：塞尔、道姆、吴文俊、保莱尔。

　　塞尔是菲尔兹奖也是沃尔夫奖的获得者，道姆是菲尔兹奖的获得者，保莱尔后来是普林斯顿高等研究院的教授，他们都是国际公认的一流的大数学家。由此可知，吴文俊在当时国际数学界的知名度。

　　1951年，普林斯顿大学的聘书寄到巴黎，这时，吴文俊已经在回国的船上了。

　　吴文俊一点也不后悔，在他看来，出去读书之后当然是要回来的。吴文俊特别喜欢这样一句名言："机遇只钟爱有准备的头脑。"

　　后来，有人问起吴文俊为什么会在1951年回国时，吴文俊似乎对这个问题感到非常不可理解。回到新中国，吴文俊和钱学森、华罗庚一起获得1956年颁发的首届自然科学一等奖。

● 赤诚之心

汪闻韶等致信美国总统

1954 年 10 月 30 日，汪闻韶接到纽约移民局的通知，给予准予离境的信。信中说，1951 年 10 月 9 日阻止中国留学生离境的命令已经撤销。

得知此消息，汪闻韶心里无比高兴，想起当初本打算出国留学一年便回国，可现在已时隔几年，其中的艰辛，是值得一生去铭记的。

汪闻韶，1919 年 3 月 15 日出生于江南鱼米之乡苏州，住所环境幽静，是读书学习的好地方。汪闻韶的父亲在东南大学任教。汪闻韶从 4 岁开始就进入东南大学幼稚园学习，由于聪明好学，得到了老师和同学们的好评，并获得其学生生涯中的第一面奖旗。

家庭教育对汪闻韶的人生产生了极其深远的影响。汪闻韶后来回忆说：

> 这是多方面的，但主要还是在这几个方面。首先，他们对我品德修养和做人之道严格要求……其次，在学习方面，他们对我除了帮助、启发、鼓励外，更着重于实事求是、追求真理、不畏困难、自强不息的教诲。使我确立了"知之为知之，不知为不知，是知也"的学习态度，

"失败是成功之母"和"有志者事竟成"的工作毅力以及"过则勿惮改"的求实精神。

汪闻韶在中学时成绩相当优秀，于1938年考入中央大学工学院水利工程学系。1943年，汪闻韶毕业于中央大学，毕业后他自愿到祖国的大西北去工作、锻炼。

汪闻韶虽然体弱多病，但仍坚持到环境艰苦的甘肃和宁夏去从事农田水利工作。他曾担任过甘肃水利林牧公司张掖工作站助理工程师，在甘肃做了一些基础性的工作。

为了学以致用，汪闻韶从一点一滴开始做起，从挖水渠、修水渠、修水库等基础性和常规性工作中不断积累经验。当时他还做一些野外考察工作，可想而知经常要风餐露宿、跋山涉水，而他认为这是一种财富。这不但锻炼了体魄，也磨炼了意志力，为以后的工作奠定了基础。

1945年，汪闻韶出任黄河水利委员会宁夏灌溉工程总队助理工程师，在宁夏做了一些水稻需水量试验工作。汪闻韶在大西北工作中，亲自体察到我国贫困地区人民的物质生活和精神生活的落后以及生活环境的恶劣，在他的心灵深处有了一种更加坚定的为中国人民过上好日子而奋斗的责任感。这也成为日后汪闻韶出国留学、毅然回国的主要原因。

1947年底，怀揣祖国和人民的期望，依照母亲的遗愿，新婚刚两年的汪闻韶离开南京，转道上海赴美留学。

在道别的时候，父亲沉重地对他说："要专心努力学习，不要有后顾之忧，将来好好报效祖国！"途经故乡苏州城时，汪闻韶暗想，这次出国留学一定要学有所成，不辜负父母的期望，将来回国为祖国服务。

乘"曼格斯将军号"轮船从上海经日本东京到美国西岸旧金山，航行两周，于1948年1月17日轮船靠岸。

在接受了严格的检查后，汪闻韶得到了入境许可证，然后前往艾奥瓦大学研究生院报到。汪闻韶在该大学进修水利工程，并于1949年2月获得艾奥瓦大学力学和土力学硕士学位。

汪闻韶认为一年的时间太短，所学有限，希望能继续再多学一段时间。

一个偶然的机会，汪闻韶得知芝加哥伊利诺伊理工学院土木工程学系土力学实验室要招一名半工半读研究生，于是，写了申请。不久，他顺利地转入芝加哥伊利诺伊理工学院继续学习，准备攻读博士学位。

1949年南京解放后，汪闻韶曾一度中断了与国内的联系，数月后才收到父亲和母校师长的信。信中介绍了国内解放的情况，并为他联系了回国后的工作事宜，期望汪闻韶能及早回国。

汪闻韶由于要参加学校举行的博士学位学科考试，决定于1950年下学期结束后回国。之后，他把全部时间都投入到学习中去，不再半工半读，全力攻读博士学位。

天有不测风云，当时，抗美援朝战争爆发，美国政府对中国大陆进行封锁，阻止留美的中国学生离境。

1950年11月28日，汪闻韶接到芝加哥美国移民局的通知，要求他在12月20日去移民局办理有关手续。

可是当汪闻韶于当日上午到达移民局后，移民局官员收去了他的入境许可证，然后叫他宣誓，并对他进行了冗长的问话，包括询问个人经历、家庭情况、政治意见，尤其是关于朝鲜战争和参加留美中国科学工作者协会等问题。问完话后，还让他按上10个手指印，到13时后才允许离开。

1951年年初，汪闻韶通过博士学位学科考试。当年7月，汪闻韶突然接到爱人严素秋的来信，说父亲突患中风，不能言行。于是他决定立即回国。

10月9日，芝加哥移民局叫汪闻韶前去，给了一张阻止他离开美国的命令。命令中写道：若违背此命令将处以不超过5000美元的罚款或不超过5年的徒刑。并欲夺取汪闻韶手中的出国护照。汪闻韶与伊利诺伊理工学院院长商量后，决定不将出国护照交给移民局，但回国事宜也不得不无期限地拖了下来。

1952年2月，汪闻韶读完伊利诺伊理工学院研究生院的全部课程，获得土木工程博士学位。

由于在芝加哥找工作很困难，遂于4月迁居波士顿，在麻省理工学院任副研究员，参加由土力学教授泰勒和惠特曼主持的动力学荷载下土的性质的研究试验工作，同时旁听课程。

美国联邦调查局人员又到麻省理工学院对汪闻韶进行了调查，并告知：要回国，需要中美两国之间的关系好转后才能离境。

汪闻韶即使在繁忙的工作、学习中，也没有忘记一定要想方设法回国的事，并做了多方努力。

1953年8月，朝鲜战争结束后，他又向伊利诺伊理工学院院长刘易斯打听申请回国的事宜，但美国政府阻止中国留学生的政策未变。汪闻韶又于10月1日备函亲自到波士顿美国移民局询问，答复也是不能回国。

当初美国扣留中国留学生的原因是朝鲜战争，美国对中国大陆进行封锁。可此时朝鲜战争已经结束，还是不能回国，汪闻韶心里十分着急和烦恼。

在与移民局的交涉没有多少进展的情况下，汪闻韶打算和在美国的中国留学生加强联系，共同商量办法。

到1954年上半年，他已经和许多中国留学生取得了联系。当年4月，他在纽约时报上看到有关美国国务院将考虑发给中国技术人员离境许可证的消息后，汪闻韶心里很高兴，总算见到了一线希望，遂写信给美国国务院申请回国。回信中建议他与移民局交涉。虽然前面几次交涉都以失败而告终，但为了能早日回国，汪闻韶还是以书面形式向移民局提出申请。果然，开始时移民局置之不理。

1954年6月1日，波士顿美国移民局叫汪闻韶前去问话，答话前要先宣誓，并不准他的律师在场，后来汪闻韶回忆当时的情形，说：

> 当时的官员在问问题的时候，拼命地抽雪茄烟，表现出十分紧张的样子。

交涉并没有结束，可美国移民局总是推托。8 月，汪闻韶参加了数十名中国留学生在美国东部一个夏季休假地点沙岛举行的一次大规模商讨会，最后决定向美国总统艾森豪威尔写一封公开信，要求美国政府撤销阻止中国留学生回国的命令。

此外，在美留学生为了把他们的情况告知祖国，准备与美国民权保障会联系，希望得到他们的帮助，并向联合国呼吁。

8 月 5 日，汪闻韶与其他 25 位留学生在给美国总统艾森豪威尔的公开信上签名。波士顿《环球日报》于 8 月 11 日披露了这个消息，并于 13 日、20 日、26 日刊登有关评论和读者来信，美国其他报纸也有这方面的报道。

8 月 28 日，在日内瓦会议结束以后，中美两国代表团将两国留学生和侨民问题交由中国驻日内瓦总领事馆和美国驻日内瓦总领事馆继续进行接触。

中国方面要求美方立即停止强制扣留中国留学生，当留学生要求离开美国返回祖国的时候，美国政府不得以任何方式加以阻拦或扣留。

　　经过这些接触，美国国务院答应让中国留学生出境。但是，美国政府还没有停止强迫扣留中国留学生。美国方面说什么从 1951 年以来，只拒绝发给 124 名中国留学生出境证；而且说现在经过"调查"，这 124 名中只有半数仍然想回中国。这显然与事实不符。

　　中国留美学生给美国总统艾森豪威尔的这封信，揭穿了美国代表关于中国留学生不愿回国的谎话，也揭穿了美国政府强迫扣留中国留学生的事实真相。

　　他们在这封信中写道：

　　　　我们有些人在完成了某些阶段的专科学习后，曾经申请过离境许可证……但是这些申请都毫无例外地被拒绝了，同时移民当局还对我们说，数千名学习工科的中国学生没有一个人会获准离境。其余的人感到申请没有用，因此没有提出。

　　当时，《人民日报》发表文章，严正谴责美方的粗暴行径，文章指出：

　　　　美国政府这种强迫扣留中国留学生，使他们离乡背井，流落异国的行动，是完全违反天理人情，完全没有道理的。美国政府的无理行为，不但在中国人民和中国留美学生中引起了义愤，就连美国的舆论也有表示不赞同的……现在该是美国政府恢复他们的返国权利的时候了。

1954年10月30日，汪闻韶终于接到纽约移民局的通知，给予了准予离境的信。

汪闻韶怀着激动的心情，马上办理回国手续，订购船票，办防疫证，办香港过境证，辞去在纽约的工作，结算在美国工作的个人所得税等。并打电报回南京，告诉爱人严素秋可以回家了。

11月29日，汪闻韶在旧金山码头登上"威尔逊总统号"轮船起程回国。想到不久便可以回家团聚，可以结束在美国的噩梦了，汪闻韶心里十分激动。

1954年12月底，汪闻韶到达深圳，受到深圳关防和广东省教育厅的慰问和热情接待。接着，坐火车回到南京，终于与阔别7年的家人重逢，得知父亲早已去世，没能见到父亲最后一面，汪闻韶颇为伤感。

1955年2月，汪闻韶到北京高等教育部归国留学生接待所报到，将留美回国经过的详细情况写成书面材料交给了高教部接待部门。

经过千辛万苦才回到祖国，汪闻韶始终没有忘记中国派遣留学生的目的，了解世界、学习世界、振兴中华。

留学回来，见到新中国成立以来，气象一新，百废待兴，正是无数学子可以发挥才能的时候，汪闻韶感到特别兴奋。

1955年，他担任水利部南京水利实验处土工室工程师，1956年调任北京水利部水利科学研究院任高级工程师，先后在土木研究所和抗震防护研究所工作。

留学回国后，汪闻韶一心扑在科研工作上，为了给国家作出更大的贡献，他争分夺秒，拼命工作。

汪闻韶怀着满腔热情，整天忙于搞科研，做实验，急于把学到的知识用于祖国的水利建设上。1957年后，他一直从事土的液化和土坝抗震研究工作。中华人民共和国成立以来，中国的水利建设事业蓬勃发展，在防洪、灌溉、发电、航运等方面修建了一批水利工程，取得了良好的社会效益和经济效益。

汪闻韶受水利部水利管理司委托，并在水利科学研究院的支持下，主编了《中国水利工程震害资料汇编》，为中国以后的实验研究、原因分析和抗震工作提供了最原始的资料。

梁晓天辗转回到祖国

1954 年 9 月，梁晓天终于回到祖国，回忆起自己的归国历程，他感慨不已。

梁晓天 1923 年 7 月 28 日出生在河南省舞阳县伏牛山脚下一个叫作小汤庄的小山村。父亲是清末秀才，三个哥哥均上大学。

梁晓天从小在父兄的熏陶下，聪明好学，4 岁学算术和写字，6 岁入小学，8 岁时，曾为了寻找 $1+2+3+4$ ……的简便方法，独自思考，演算了 4 天，将 1 到 100 的数字逐一验证。

最后，梁晓天得出将最小数和最大数相加乘以他们的个数，再除以 2 就是他们的总和的"规律"，获得了老师的赞誉。

1937 年，抗日战争爆发后，梁晓天转到商丘中学，毕业后，考入了汉中西北联大师大附中高中部。他 19 岁考入了重庆中央大学化学工程系，1946 年毕业后曾在家乡开元中学任教。

1947 年，梁晓天与开封艺专毕业的杨修彰结为伉俪。第二年 2 月，梁晓天赴美国西雅图华盛顿大学化学系研究生院学习，1952 年毕业，获博士学位，后在哈佛大学化学系任博士后研究员。

梁晓天毕业时，朝鲜战争正在激烈进行。1953 年，战争刚一结束，他立即辞去哈佛大学的职务，积极进行要求回国的斗争。但他手持的是国民党政府的护照，因中美无外交关系，要回祖国大陆，谈何容易。

梁晓天先托人在英国找了一个工作，想从已和我国有外交关系的英国再辗转回国。但美国移民局根本不受理。他又计划去巴西，再绕道回国，又失败了。

当时，美国移民局说：数千名学习工科的中国学生没有一个人会获得离境。

一次次碰壁，梁晓天并不气馁。为了寻求舆论的支持，他曾给美国《基督教科学箴言报》写了《美国国务院不应该扣留中国留学生》的署名信，揭露美国政府阻挠中国留学生归国的无理行径。他还起草了《致美国总统艾森豪威尔的公开信》，与张家骅等几十名中国留学生联名指责美国政府违背国际惯例的做法。

梁晓天与其他美国留学生自己凑钱买小印刷机，将上万份公开信向美国各阶层广泛散发。他们的行动得到中国政府和美国进步舆论界的同情和支持。

1954 年 5 月 29 日，美国《纽约世界电讯与太阳报》发表社论，批评美国无理扣留中国留学生的错误政策。6 月 14 日，又有 6 名美国人致函《纽约时报》，认为美国政府扣留并未犯法的中国留学生"是和美国政府司法原则不相容的"。

同时，中国《人民日报》也就这两封信于 1954 年 6

月 24 日和 8 月 29 日先后以《让在美国的我国留学生和侨民回国》《美国政府继续无理扣留我国留学生》为题发表消息，要求美国政府同意他们尽快回国。

与此同时，中国政府在日内瓦与美国政府就中国留学生回国问题进行了 7 次谈判。最后，中国同意释放在抗美援朝战争中俘虏的美国飞行员，美国则宣布了在美国的中国科学技术人员第一批归国人员名单，其中就有梁晓天。

当梁晓天得知这一喜讯时，情不自禁赋诗曰：

借问飞何急，天涯归故林；

枝丫傲风雨，鞠护有深思。

梁晓天回国后，受到周恩来的接见和勉励。

1955 年 1 月，梁晓天任中央卫生研究院药物学系副研究员，后任研究员。

在后来的 1983 年，梁晓天写信劝旅居海外的朋友回国探亲，信后附有一首诗写道：

重洋乘风回，卅载沐朝辉。

祖国无限好，游人胡不归？

他对祖国的一往情深，由此可见一斑。

师昌绪说回国历程就像一场战争

1955年6月，美国旧金山骄阳似火，在码头上，"克里夫兰号"客轮从这里起航开往香港。船缓缓离岸，站在甲板上的35岁的师昌绪激动万分："我终于可以回到祖国了。"

在滚滚波涛中，师昌绪的思绪又飞回到了为争取回国而与美国当局斗争的日日夜夜。

早在1948年9月，师昌绪来到美国密苏里大学矿冶学院开始留学生涯，主要从事的是真空冶金的研究。在攻读硕士学位期间，他利用真空中蒸汽压的原理，从炼铅过程中所得的锌熔渣分离银，其纯度达90%以上。这个具有开拓性的独特方法改进了在100年前发明的用锌提取液铅中金银的方法。

在美国麻省理工学院进行博士后研究工作期间，师昌绪在属于美国空军课题的"硅在超高强度钢中作用的研究"中以4300系统为基础，变化钢中硅及碳的含量，系统地研究硅对回火、残留奥氏体及二次硬化影响等问题。在他的研究结果基础上发展出来的300M高强度钢，成为20世纪60年代到80年代世界上最常用的飞机起落架用钢，解决了飞机起落架经常因断裂韧性或冲击值不够而发生严重事故的问题。

在美攻读博士学位期间，北洋大学曾欢迎他回国任教，他欣然同意。但 1950 年朝鲜战争爆发，1951 年 9 月，美国司法部就明令禁止学习理工医学科的中国留学生离开美国回中国，师昌绪是明令禁止回到中国的 35 名中国学者之一。

师昌绪后来回忆说：

当时美国和中国在朝鲜打了个平手，美国看到中国实在很厉害，他们都没有想到，因此就说中国的所有学理工的学生都不得回国。

抱有坚定回国信念的师昌绪开始与志同道合者同美国当局坚决斗争。他们做的第一件事情就是要把美国扣留中国留学生的情况向祖国汇报，为祖国提供确切的证据。

在美国当局禁止中国留学生回国后，师昌绪曾和印度孟加拉工学院联系想去做一名研究学者，这是他为曲线回国而想出的办法。但随着中国在朝鲜战场上的胜利，美国当局将中国留学生的离境一律视其为变相回国。

师昌绪就利用和印度大使馆的旧交，通过一位富有同情心的印度青年外交官把信件转交给了中国政府。

1954 年 5 月，在日内瓦国际会议上，这封信成为中国抗议美国政府无理扣压中国留学生回国的重要依据，周恩来向美国政府提出了严正抗议。

美国新闻媒体将此事炒得沸沸扬扬，《波士顿环球报》还以通栏大标题报道"在美的中国学生要求回国"，随文刊登了师昌绪等三名中国留学生的照片。

为了扩大声势，赢得美国人民的同情，师昌绪等人又写信给美国总统艾森豪威尔，申诉美国不应阻挠中国留学生回国，并将这封信向美国人民散发。

1954 年夏天，师昌绪等人白天在实验室工作，晚上就用花 50 美元买来的滚筒式油印机油印控诉艾森豪威尔的信件。师昌绪将装得满满的两大皮箱信从波士顿运到纽约去散发。

1955 年春，美国在各方的压力下被迫公布同意一些中国留学生回国名单，其中就有师昌绪。是年 6 月，他乘船离开美国，投入祖国的怀抱。

晚年，每当忆起这些，师昌绪总感慨道："回国的历程简直就像一场战争！"

汪德昭偕同家人抵京

1956 年 12 月，汪德昭毅然放弃在巴黎的丰厚待遇，以及事业、地位，偕同夫人和孩子，回到了阔别 23 年的北京。

汪德昭，1905 年 12 月 20 日出生在江苏省灌云县板浦镇。他的父亲汪寿序曾任北洋政府农林部主事，1912年，携眷来到北京。

汪德昭在家中排行第二。长兄汪德耀是生物细胞学家，早年赴法国勤工俭学，回国后曾任厦门大学校长、教授。他对汪德昭早年树立爱国思想及赴法留学的影响颇大。三弟汪德熙是核化学家，中国科学院学部委员，四弟汪德宣，早年学习生物学，后经商。

1913 年，汪德昭进入北京师范大学附属小学接受正规的小学教育，1919 年升入北京师范大学附属中学，1923 年考入北京师范大学预科。他勤奋好学，成绩优异，1928 年就被北京师范大学校长张贻惠破格聘为物理系助教。

汪德昭大学毕业以后，正是中国灾难深重的"多事之秋"。代表不同帝国主义国家利益的军阀连年混战，民不聊生。另一方面，帝国主义列强对我国不但在经济上掠夺、压榨，甚至发动军事侵略。

面对祖国的政治屈辱和经济落后，作为一个热血青年，汪德昭恨不能立即学好科学，让我们的国家马上强盛起来。可是，为了维持家庭的生活，他在大学毕业后还不得不同时在几所中学兼职教课。不过，向往科学，到外国学好先进的科学技术后回来报效、振兴祖国的思想，却时刻没有忘怀。

汪德昭选择了法国，因为法国在全世界首先推翻封建制度，标榜自由、平等、博爱，对当时的青年人很有吸引力。更为重要的是，对他影响很深的哥哥汪德耀从1920年去法国留学，还未回来，兄弟俩在一起好有个照顾。

1933年10月初，汪德昭离开祖国，乘船前往法国。

1949年10月1日，新中国建立后，全国的经济建设欣欣向荣，蒸蒸日上。在1956年初的全国知识分子问题会议上，周恩来代表中共中央发出号召，欢迎留学外国的科技工作者回来参加建设。

在这种形势下，早想亲自投身加入祖国建设行列的汪德昭，托人带信回国，请求允许他回来，因为他曾经接到国内某些同学的建议，说领导希望他在国外多留一些时间，多学一些高新技术再回国。

汪德昭在信中表示，只要是祖国的需要，他可以从事科学研究，或者是搞教育，或者是搞工业。不久，他收到回信，同意他们回来，并向他转告了周恩来的话：

凡是对人民作出贡献的人，人民永远不会忘记。

　　对这句话，汪德昭一直牢记，没齿不忘。

　　1956 年 11 月下旬，汪德昭一家人为了尽快轻装返回祖国，他决心扔下钢琴和其他值钱的物品，打算从法国到瑞士，再从瑞士乘飞机回国。

　　本来汪德昭归心似箭，恨不能一步就跨回祖国。但到真要离开巴黎，他不禁又有些留恋起来。临行前夜，他站在住室的窗前，望着巴黎灯火辉煌的夜空，面对着熟悉的蒙梭街心花园，心潮起伏，思绪万千。

　　回想 23 年前刚到巴黎时，自己还是个不满 30 岁的青年，由于恩师保罗·郎之万指导有方，才使自己一步一步地从一个不懂科研的年轻人，成长为具有了一定成就并小有名气的科学家。

　　在这 23 年中，汪德昭在科学的海洋里勤奋探索，孜孜以求，写出了很多篇论文，其中大部分刊登在法国科学院院报和法国《物理学报》上，表明了它们的高水平。除了科研，自己还毫无保留地为祖国、为法国的科学和社会进步，为中法两国人民的友谊，尽力做了自己能够做到的一切。

　　自己马上就要离开巴黎了，对这个成就了自己事业的地方，怎能不产生依依难舍之情呢？特别是许多法国好友，多年愉快地相处，真是难分难舍啊。

汪德昭再环顾室内，摆设的各色家具，有好些是1949年搬进来以后他和李惠年攒钱一件一件添置的，如今因急于回国，不打算带走了。

不过汪德昭又想到，重要的是，自己是回国参加建设，自己终于可以回到魂牵梦萦、日思夜想的祖国了。

汪德昭一家到了瑞士首都伯尔尼后，找到中华人民共和国驻瑞士大使馆，请求协助。中国大使冯铉热情接待了汪德昭及其家人，为他们办理好了护照、签证，并准备好了飞机票。

因为冯铉临时请汪德昭先到日内瓦去帮助办件事情，行期便推迟了。等他从日内瓦回来，才知道那天的那个航班失事了，有不少人遇难。

冯铉为了保证汪德昭的安全，坚决不同意他们一家人乘飞机，而要他们改乘火车回国。

经过了九天九夜的长途跋涉，当汪德昭一家从前门火车站走出来，已经是1956年的12月底，从他1933年10月离开算起，阔别北京已经有整整23年了。

当时，正在广招海外学子的中国科学院接纳了汪德昭，按照他归国前所从事的和平利用原子能方面的研究，他被任命为中国科学院原子能研究所的一级研究员兼九室主任；又考虑到他曾经研制过超灵敏度静电计和微量天平，熟悉科研仪器设备，于是还任命他兼任中国科学院器材局的局长。

在1957年5月举行的中国科学院第二次学部大会上，

汪德昭因其学术成就突出，和其他几位同样具有突出成就的海外归来的科学家一起，被增选为中国科学院数学物理化学部的学部委员，现在改称院士。

这一届数学物理化学部数理方面共增选了六人：吴文俊、汪德昭、张文裕、张宗燧、钱学森、郭永怀。

回国之后，汪德昭先任中国科学院原子能研究所研究员兼室主任，并兼任中国科学院器材局局长；后经聂荣臻元帅推荐，出任中国科学院电子学研究所研究员兼副所长，开始筹建中国声学研究所。

1964 年，中国声学研究所正式成立，他一直担任所长或名誉所长。

郑哲敏回国开拓爆炸力学事业

1956 年，郑哲敏被任命为钱学森创建的力学研究所弹性力学组组长，研究水坝抗震。1958 年，他领导了大型水轮机的方案论证。

郑哲敏，1924 年 10 月 2 日出生在山东省济南市。原籍浙江省鄞县。父亲郑章斐幼年放牛，念过几年私塾和小学，后来进城当学徒，进而经商开厂，他崇尚实业，一直遗憾自己没有更多的上学机会。因而全力支持和鼓励子女用功读书，教育子女循规蹈矩、修身养性。这给幼年时期的郑哲敏带来深远影响。

抗日战争开始后，郑哲敏进入四川，先后进成都华阳县中学和金堂铭贤中学学习。他刻苦钻研，学习成绩优异，曾因不参与考试作弊而挨过一些同学的揍。

1943 年，郑哲敏以理工科第一名的优异成绩考入西南联合大学电机工程系，次年改进机械工程系。

郑哲敏喜爱物理，愿意为同学答疑释难，自己从中也得到了提高。抗日战争胜利后，学校搬回北平。著名的力学教授钱伟长给机械系讲授力学问题，他那严密而生动的理论分析引起了郑哲敏的极大兴趣，从此郑哲敏对力学产生了感情。1947 年毕业后，郑哲敏留在清华大学做钱伟长的助教，学习钱伟长的摄动法。

一次，郑哲敏读到刘仙洲从美国带回的工程教育杂志，上面宣传应改变工程教育只注重传授经验和工艺的传统，提倡工程教育要理工化，他很受启发。

1948年，郑哲敏考上国际扶轮社的留美奖学金，钱伟长等人介绍他去美国加州理工学院学力学。

一年后，郑哲敏顺利地取得硕士学位，接着就成为钱学森的博士生，做热应力方面的论文，有幸能经常聆听到钱学森介绍自己在科学方法方面的心得。

在那个著名学府，郑哲敏听过豪斯奈尔、爱尔德依等名教授的课，他还有机会聆听到冯·卡门、冯·纽曼等大师的报告。郑哲敏学习十分刻苦，1952年，他取得了该校的博士学位。

早在1949年10月1日，郑哲敏听到新中国成立的消息，心情十分激动，他对中国共产党的领导充满希望。取得博士学位后，即着手准备回国参加社会主义建设，却遭到美国政府的多方阻挠。

1955年，中美在日内瓦达成协议，郑哲敏等一批爱国科学家终于回到祖国。他先到中国科学院数学研究所任副研究员。同年年底，他的老师钱学森也返回祖国，他随即参加钱学森创建力学研究所的工作。

1960年，苏联撤走专家。郑哲敏应邀参加了周恩来宴请科学家的盛会。周恩来在祝词中恳切表示，中国的建设要依靠中国自己的知识分子。郑哲敏深受鼓舞，决心致力于解决国民经济中的重大问题。

曹锡华满怀激情回到祖国

1950 年"国庆"前夕，曹锡华回到杭州，拜访了母校浙江大学。身为浙江大学教务长的苏步青挽留了数年不见的学生曹锡华，决定给他副教授的职务。

曹锡华看着校园里熟悉的景物，不禁感慨万千。

1920 年 3 月 24 日，曹锡华出生在上海一个收入颇丰的商人家庭，父亲曹兼三经商。曹兼三为曹锡华的姐姐取名"木兰"，期待着儿女们用功读书保家卫国。

1937 年 8 月 13 日，日寇侵略的战火烧到上海。刚满 17 岁的曹锡华热血沸腾，他毅然投笔从戎，进入南京丁家桥陆军交辎学校，为当一名机械化部队的士兵，学习驾驶与修理汽车。

部队艰苦的野战训练，长官的体罚，许多人难以忍受，开了小差，曹锡华挺住了。后来，他随部队从南京到徐州、郑州、汉口、长沙、浏阳、平江、益阳、桃源、辰溪、沅陵，最后南迁到柳州。

曹锡华不因长途跋涉叫苦，反而感到其乐无穷，这是因为能为抗日学到技术。他毕业后，被派到辰溪陆军辎重兵汽车第二团，当中尉技术员兼修理班班长。这支部队官兵整天打牌赌钱，挫伤了年仅 19 岁的曹锡华的一片爱国热情，他颇灰心，感到在部队没有前途，决定请长假离开部队到重庆读书。

1940 年 8 月 13 日，曹锡华来到重庆。凭着他在上海中学打下的坚实基础，顺利地考取了重庆大学数理系。

1946 年 3 月，国际数学大师陈省身在美国著名的普林斯顿高级研究所完成研究工作回国，在上海主持中央研究院数学研究所的筹备工作，挑选刚毕业的大学生，建立中国的数学中心。

开始时，只有陈省身一个研究员和三个青年人，他们是曹锡华、吴文俊和路见可。陈省身自编讲义，讲拓扑学并组织讨论班。

1948 年 9 月，在陈省身的推荐下，曹锡华赴美国密西根大学进一步深造。曹锡华在美国只用了一年时间就完成了博士论文。

年轻的曹锡华在继续学习赋值论和类域论的同时，也时刻惦念着灾难深重的祖国。

1949 年，曹锡华担任留美科学工作者协会密西根大学支会的负责人。当时，参加支会的学生有三四十人。支会的工作就是介绍国内形势，宣传共产党的政策。

1949 年 10 月 1 日，中华人民共和国成立当天，他们聚餐欢庆，动员大家早日回国参加建设。留学两年，毕竟时间是短了一些；要是能再多学上几年，再多做一些研究工作，肯定在数学上会更加成熟。

但是，曹锡华深深感到，美国条件虽好，但毕竟是异国他乡，一定要回国去，实现梦寐以求的献身祖国教育事业的理想。

曹锡华准备提前回国的爱国热情，得到导师布拉乌尔的理解与支持，使他很快安排并通过了博士论文答辩，获得了博士学位。但是，当时的美国政府却以中国留学生持的是国民党政府的护照为理由，拒绝留学生返回中国大陆。

美国政府还例外给中国留学生发放奖学金，想吸引他们留在美国继续学习。中国留学生愤起抗议，强烈要求回国。

美国政府无可奈何，只得同意放行一批。

1950 年 9 月，曹锡华和 130 多名中国留学生抱着建设祖国的决心，首次大批地离美回国。轮船离开美洲大陆后，仍受美国的刁难。

船到日本，美军扣留了 4 位留学生；船到香港，军警不让留学生上岸停留，押着他们从轮船码头直接到火车站，即日离开香港前往广州。

回到祖国怀抱后，他们受到政府热烈的欢迎。曹锡华心潮澎湃，满眶热泪，立誓为亲爱的祖国奉献一切。

一批又一批的留学生陆续回到祖国，为新中国的社会主义建设事业作出了巨大的贡献。他们的赤子之心，苍天可鉴。

本书主要参考资料

《国史全鉴》本书编委会编 团结出版社

《中国现代史资料选辑》彭明主编 中国人民大学出版社

《中国革命史小丛书》郭军宁编写 新华出版社

《共和国开国岁月》张国星 何明著 中共党史出版社

《风云七十年》郭德宏主编 解放军文艺出版社

《李四光的故事》杨世铎 房树民 郑延慧著 中国少年儿童出版社

《请历史记住他们》科学时报社编著 暨南大学出版社

《创造奇迹的人们——中国"两弹一星"元勋》柏万良著 湖北教育出版社

《科学发明故事——中外名人创新启示录》颜煦之著 南京大学出版社

《中国科学家发明家的故事》李少元 赵北志主编 金盾出版社

《时代楷模》朱新民主编 人民日报出版社

《共和国的记忆》李庄主编 人民出版社

《共和国要事珍闻》郑毅 李冬梅 李梦主编 吉林文史出版社

《光辉的榜样》本书编写组编著 中国文史出版社

《青年的榜样》中国青年出版社编辑 中国青年出版社

《中南海三代领导集体与共和国科教实录》岳庆平主编 中国经济出版社